最低で最高の本屋

松浦弥太郎

集英社文庫

最低で最高の本屋　目次

自由について 61

書くこととつくること 85

装丁　立花文穂
装画　松浦弥太郎

＊文中に記される古書店、またはショップは、二〇〇九年現在、
閉店などによって存在しない場合があります。

序　文

『就職しないで生きるには』（一九八一年／晶文社刊）という一冊の本がありました。著者の名はレイモンド・マンゴー。彼がシアトルで一軒の小さな本屋をはじめる物語。時代背景は七〇年代初頭の頃《ころ》ですから、ヒッピー文化がまだ若者の思想に根づいていて、その発想や行動、元気の素《もと》はラディカルでフリーな精神に満ちていて、当時、社会に浮遊しているだけだった僕は読めば読むほど、遠いアメリカという国の広さと、自由さに憧《あこが》れたのでした。『就職しないで生きるには』というタイトル。なんて清々《すがすが》しくて魅力的なのだろう。しかし、よく考えてみると、就職しないで生きる方法というのは、働かなくていい方法ではないとすぐにわかります。この違いはとても大きい。このタイトルを噛《か》みしめた僕の胸にほのかな火が灯《とも》りました。「就職しないで生きるっていう選択肢があるんだ……」。そのともしびはいまでも僕の胸のなかで消えることなく、あたたかく灯り続けています。

僕らが受けた教育は点数を競い合い、できないことへの努力をしいられ、常に前へ前へと背中を押されるものでした。そして、その道の先にあるものは一流と呼ばれる組織に永久就職することでした。親から言われた「いい会社に入りなさいね」という言葉。それが最も良しとされた、いわゆる幸せになる方法という道でした。では、その幸せになる方法はどのくらい選択肢があるのだろう。世間一般の視野で社会を見回すとあまりにも少ないことに気がつきます。そしてそのほとんどが学歴というハードルを越えた者にだけ与えられた選択肢ばかりです。良い大学で良い成績、良い会社で良い肩書き、これさえ手にすれば人間として胸を張ることができ、幸せで正しい人生であるとされていました。ほんとかな。

ならば、僕らはその数少ない幸せになる方法のなかからどれかひとつを選ばなくてはいけないのだろうか。そのどれをも選ばない、もしくは、選ぶ権利を持たず、選べない人はどうしたらいいのだろうか。また、それら幸せになる方法を選べさえすれば、本当に幸せになれるのだろうか。こういった疑問や不安は、現在の社会状況を知れば知るほど募るばかりです。

この本は、先に書いた一冊のタイトルから感じたじんわりと湧《わ》いてくるような力や発見を、たくさんの人に感じてもらえればという思いが募って書いた作品です。僕がそうであったように、希望というともしびが、手にしてもらった人の胸のなかでほのかに灯ってくれればと思うのです。もしくは、気持ちのいい風が胸を通り過ぎるような感じ。で、就職をする選択肢もいいけれど、就職せずして、自分自身の力で新しい選択肢を生み出すことは不可能ではなく、決して間違いでもないということを知っていただければうれしいです。最近、方々から、最近の若者は、未来を諦《あきら》めているという声を聞きます。生きていく方法すら、妥協に妥協を重ねなければ手にできない社会であるからと言います。僕はこの言葉は信じたくありません。諦めるという選択肢だけは若者にあってもらいたくないからです。

就職しないで生きる方法は、どんな方法なのかと問われたら、こう答えます。絶対に諦めないこと。自分がいちばん得意とする何か。他人が喜んでくれることで自分もうれしくなる何か。いちばんにはなれないけれど自分にはこれしかできない何か。色々あります。その道のりは長いかもしれません。辛《つら》くて大変かもしれません。生活も苦しいかもしれません。でも、きっと幸せと感じる一瞬は手にできるはずです。一日のなかで、良かったと思えるひとときと出会えるはずです。君でなければだめなんだと誰《だれ》かから必要とされるときが来るはずです。また、仕方なく就職していても、諦めずにその思いを失わないことで、今日の辛いことも乗り越えることができるかもしれません。そんなふうに今すぐはできないけれど、いつか、と思う選択肢もあるのです。

就職しないでいることは決して悪いことではありません。何もしていないから不真面《ふまじ》目《め》なのではないし、人間失格でもありません。毎日を少しでも幸せに生きよう、そうするにはどうしたらいいのかと日々工夫することができれば、僕はどんな生き方、過ごし方でもいいと思います。それが自由ということです。人にはその人にしかわからないそれぞれがあるから、歩む道もたくさんあって、その道それぞれに良さがあって、それは選ぶことができて、選ぶものがなければ新しくつくれば良くて、何回やり直しても自由に、止まったり引き返したって良いのです。

この一冊は決して実用書ではありません。日々の過ごし方、そこにある考え方、眼差《まなざ》し、胸のなかで大切にしていることなど、そういったことがカタチとなって今の仕事と生活になっているんだということを、この一冊から知っていただきたい。そして、なんとなく元気が出て、ちょっとだけでも視野が広がってくれたらと思います。

エムカンとは　㈠

本当のことって何だろう

僕は自分が今のように本に関《かか》わる仕事をするなんてことは、まったく想像していませんでした。

二十代前半までの僕は、高校をドロップアウトして、アメリカに行き、日本に帰ってきてからもアメリカと日本を行き来していました。その頃《ころ》の僕は、自分が何をしたらいいのかわからず、ずっと迷っていたんです。自分が何をしたらいいのか……その答えは、今でもわかっていないのかもしれません。

高校をドロップアウトした理由は、その頃の気持ちに戻らないと、自分が何を感じていたのか、なかなか説明がつかないと思います。ただ、ひとつだけはっきり言えるのは、僕は周りの環境に馴染《なじ》めなかったということです。わがままといえばわがままなんですが、学校にいるだけで自分がおかしくなってしまいそうだという危機感に近いものがあったのです。決して、朝起きるのが面倒だとか、遊ぶ時間がほしいからドロップアウトしたのではありません。そのときの気持ちを説明するのは本当に難しい。

何かをがんばろうとはじめたとして、いいところまでは行くけれど、必ず途中で大きな壁が立ちはだかる。僕は幼い頃から、そういうタイプだった。パターン化されているように志半ばで何か障害が起きて、続けられなくなってしまう。そして、その大きな壁を越えるとか、壁を壊すエネルギーはなく、いつもそこで挫折《ざせつ》してしまっていました。今思えば、仕方なかったんだと思いますが、どうしたら壁を越えられるのかわからないから、どうしてもそこから逃げてしまう。だから、高校を中退するときも、自分自身で「あ、またか」と思いました。

幼い頃から「本当のことって何だろう」といつも考えていました。そして、自分の日常にある「本当のこと」ばかり探していました。同時に、なぜこれが正しいんだ、なぜこれをしないといけないんだろうと、色々なことに疑問を持っていました。人一倍、感受性が強くて、本当のことを知りたいという気持ちがとても強かった。

そんな日常でしたから、学校には「本当に正しい」と思えることはないのでは、と思ってしまったのです。学校って理不尽なことが多い。みんな学校に行かなければいけないことに違和感を感じながら、結局、本当のこととは違うほうに従ってしまう。その姿を見ていたら、ここにはいられないと思ってしまったのです。たまに疑問に思うことを先生に聞いてみるのですが、誰《だれ》も「本当のこと」は答えてくれない。そんな周りの反応を見て、自分を正当化していた部分もあったのでしょうが、要するに正義感や純粋性が視野を狭くしていたんだと思います。

高校二年生で学校をやめたあとは、とにかく朝になったら家を出て、公園に行ったり、図書館に行ったり、映画館に行ったりしていました。何もしないで家にいて、「ただブラブラしているだけじゃないか」と思われるのが嫌だったのです。行ってきます、といって家を出て、なるべくお金を使わないように過ごしていました。

やりたいことは何もなかったけれど、学校をやめた以上は自立しなければいけないという思いがあったので、働かなくてはと考えた。でも、高校を中退した僕には仕事を「選ぶ」という資格はありませんでした。使ってくれるのは土木系の仕事しかなかった。最初にやったバイトは「解体屋」。家を壊す仕事です。でっかいハンマーで壁を壊すから危ないし、汗まみれで真っ黒になるけど、清々《すがすが》しかった。とにかく身体《からだ》から火を吹くくらいがんがん働きました。

そのときの日給は四千円。バイトがないときは目一杯遊んでました。学校の友達は徐々に離れていってしまったけど、盛り場で知り合った仲間ができはじめていて。当時、友達と呼べる人は二十歳以上ばっかりで、どこに行っても僕は最年少でした。ロクなことしてませんでした。めちゃくちゃな生活でした。突然、大勢で車に乗って海に行ったり、女の子を引き連れて夜遊びしたり。でも、とにかくバイトして生活することに必死になっていましたから、いわゆる青春って感じではまったくなかった。

辛《つら》いことはたくさんありました。いつもいちばん立場が低いところに自分が置かれているという環境は、やっぱりすごく辛かったです。地面を舐《な》めながら、底から上を見るような気持ちでいました。バイトの日は汚い仕事をしているから誰にも相手にされず疎外されているような感じがしていました。

今あるかどうかわからないですけど、当時、朝、高田馬場《たかだのばば》の線路脇《わき》の公園に行くと、仕事がもらえたんです。「たちんぼ」というのですが、そこにいるとどこかの建築現場に連れて行ってもらえるんです。いわゆる日雇いの仕事です。そんなところにいる十代の人間って僕くらいしかいなくて、あとはだいたい大人ばかり。そのなかには、戸籍も捨てているような人や、日本人ではない人もいて、今まで知らなかった世界と触れ合ったような気がしました。そんな経験で、はじめてわかったことって結構あると思います。人間が一人で生きるということの生々しさとか、今までは見たことがなかった社会の底にある部分とか。精神的にもとてもタフになったでしょうね。何かに属して服従するとか、権力に屈するということに対する抵抗感が、今でも僕のなかにはあるのですが、それは、その頃の経験から培われたのかもしれません。

読書とアメリカへの思い

もともと本を読むのは好きでした。その頃の楽しみといえば読書でした。読んでいたのは高村光太郎《たかむらこうたろう》の詩集とヘンリー・ミラーの『北回帰線』、それとジャック・ケルアックの『路上』。この三冊から枝葉が分かれて、たくさんの作家や作品を知っていったのです。

高村光太郎の詩集は中学生の頃から読み続けていますが、今でも自分の中心になっています。「正しいこと」のコンセンサスが存在していると思える宝物です。ヘンリー・ミラーとジャック・ケルアックの本は、どちらもテーマが「自由」です。「旅をしながら生きる」という生活がすごく魅力的に思えました。「なんて自由なんだろう」と驚かされたし、広さというか、日本みたいにチマチマした視野がないところにひかれましたね。この二人は、僕にとってアイドル的存在です。

日雇いのバイトを続ける毎日のなか、やりたいことはなかなか見つかりませんでした。でも、いつまでもこんなことをしている自分は嫌だったので、なんとかしなくてはといつも思っていました。結局、何ひとつ満たされるものはなかった。自分のやりたいことを見つけて再出発したいと思っていたけれど、どうしたらいいか方法は見つけられませんでした。実家にも居づらかったです。親に迷惑かけているなといつも思っていました。

そんなふうに思い悩んでいるときに、これは外国に行くしかないかな、と思い立ったのです。『POPEYE』に載っていたアメリカの風景。ジャック・ケルアックが描いたアメリカ。アメリカには希望があるような気がして、ようし、行ってみようと思ったのです。当時、僕がよく読んでいたもののなかには、アメリカがあった。そう、アメリカには急に行きたくなったというよりも、じわじわと行きたい気持ちが積もっていったという感じだったと思います。そこでやっとアルバイトばかりの生活にも目標ができて、がんばろうと思いました。体力的にすごくハードワークだったのですが、とにかくアメリカに行こうという思いが心の支えになって、本当にがんばることができました。

出発の日は、さすがに緊張しました。すごく恐かった。でも、やっぱりやめようという気持ちは全然ありませんでした。逆に「絶対に日本に帰らないぞ」と思っていましたね。これでやっと抜け出せるというか。だからといって、アメリカで特にやりたいことがあったわけではないけれど、「何か」に出会える期待と希望を持っていました。目的地はサンフランシスコ。最初は西海岸しかないと思っていました。『POPEYE』で知ったアメリカといえば西海岸でしたから。親には「向こうの語学学校はただで入学できる」とか、「日本食レストランでバイトができることになっている」とか、嘘《うそ》を言って納得させたような気がします。

サンフランシスコへ

何しろ海外旅行もはじめての経験だったので、しっかり地図を握ってアメリカに乗り込みました。サンフランシスコ空港に着いたら、そこにいる人達が全部、悪い人に見えました。それで、すぐに街に行こうと思いましたが、空港を出てバスに乗ったら、着いた先がオークランド。別にオークランドに行くつもりは全然なかったのですが、たまたま乗ったバスがオークランド行きだったのです。バスに乗ってすぐに「ちょっとおかしいな」とは思っていました。バスには黒人しか乗っていなかったから。英語がわからないから引き返すこともできないので、そのままそのバスに乗って行きましたね。

オークランドに着いて「ここはサンフランシスコか?」って聞いたら、「サンフランシスコだけどオークランドだ」って言われて。ロサンゼルスのオークランドはNFLのレイダーズがあるオークランドだけど、バークレーの隣町のオークランドは黒人街ですからね。

とにかく英語が話せないと何もできないから、街を歩いて適当なホテルに泊まりました。ホテル代が五十ドルくらいしたんですよ。今から思うと高かった。中途半端なぼったくりに遭ったような感じです。でも、ホテル代が高すぎると言うこともできなかったし、野宿する勇気もなかったから、とりあえずその日はそこに泊まりました。その日の晩に地図をよく見てみたら、やっぱり違うところだっていうことがわかったので、次の日すぐにバスに乗ってサンフランシスコ市内に入りました。でも、行ってみたら、そこは僕が思っていたサンフランシスコではなかった。そりゃそうですよね、『POPEYE』に載っていたのは、サンタモニカのビーチをローラースケートに乗ったお姉さんが走ってるような風景だったのですから。

とりあえず市内を色々と歩いてみて、ホテルを探して、いちばんボロい看板のホテルを見つけました。結局、そこにずっと宿泊しながら暮らしていました。毎日ずっとブラブラしていましたね。さみしいから日本人街に行って友達を探したりもしました。日本にいたら絶対に友達にならないようなタイプの人とも、なぜか友達になったりした。一緒にいると違和感があるんだけど、仕方ない、さみしいよりはいいやと思いながら。相手もそう思っていただろう。それでも徐々に友達は増えてきて、アメリカ人の友達もできました。

お金は少し持っていたから、すぐに仕事は探さなくてもよかったのですが、引越し屋のバイトとか、力仕事は結構やりました。それで、街にも生活にも慣れてきたので、精神的に余裕が出てきました。その頃には、ホテルにいるとお金がかかるので、知り合った女の子の家に住ませてもらっていましたね。日本にいるよりも貧乏感はありませんでした。お金がある人なんて周りにいなかったから、お金がなくても恥ずかしくないのです。逆に、お金がある人は悪人でしたから。

アメリカの居心地は、すごく良かったです。見るものすべてが新しいし、みんなが受け入れてくれるから、三ヶ月くらいで慣れましたし。何も考えないで一日中遊んでいましたね。意外と自分は新しい環境に溶け込むのがうまいんだなと思いました。英語は全然ダメでした。コミュニケーションはとれますが、会話はまったくできませんでした。

そして、八ヶ月くらいが経《た》って、日本に帰ることにしました。本当はもっと居たかったし、帰るつもりはなかったのですが、虫歯が悪化して、すごく腫《は》れてしまったんです。人間って、元気じゃなくなると急に心細くなります。それで、日本に帰ろうと思ったんです。

どこへ行っても、最年少

日本に帰ってからは、いわゆるアメリカかぶれでした。同年代の友達がとても子供っぽく見えるようになって。アメリカでは生きるためにあれほど四苦八苦していたのに、日本ではそんな心配はないから、毎日が退屈に感じられました。だから、またアメリカに行きたいなと思うようになったのです。でも、当時は格安チケットなんてなかったから、また一からバイトをしてお金を貯めなくちゃいけない。それでも何度かアメリカに行きました。何をしにというのではなく、行けば友達に会えるからという感覚だけで行っていました。

アメリカというまったく知らない土地に行って暮らしたことが、変な自信になって、自立へのきっかけをつかんだのかもしれません。自分の将来をどうしようというよりも、働いて自分の生活をつくることが大事なんだということ、そして、その生活を楽しめばいいんだということをアメリカで学びました。中途半端だったかもしれないけれど、生活に対する充実感というか、何かを手にしたような感覚があったのです。

今から思うと、アメリカでたくさんのものを見てきたんだと思います。学校をドロップアやサブカルチャーのようなものは、日本でもちゃんと見ていました。ファッションウトしてしまったコンプレックスもあって、本も色々と読んでいましたから、自分より年上の人よりもたくさんものを知っているという自信もありました。その頃の僕は、すごく生意気だったと思います。今まで自分が見下されていた立場にいたから、人が知らないこと——僕にとってそれはアメリカの生活だったのですが——を多少知ったことで、逆に人を見下すような立場に自分を置くようになったのだと思います。それで安心感を得ていたのです。

だから、十八、十九歳の頃の僕は、二十代後半の人と付き合うのがちょうどよかった。どこへ行っても、とにかく最年少でした。友達と思える人は、だいたい十歳くらい上でしたから、自分の年齢を言うと必ずびっくりされました。ありがたかったのは、そんな年上の知り合いのなかで、僕をとても可愛《かわい》がってくれる人達がいたことです。そういう人達の言うことは、素直に聞いていました。僕は人が親に対して求める精神的なものを、年上の友達に求めていたのかもしれません。その人達からは、食事の仕方からはじまって、挨拶《あいさつ》の仕方や、マナー、センス、良いものと悪いもの、色々なことを教えてもらいました。そして、最高級のことも経験させてもらいました。遊び、食べ物、暮らしから何から何まで、それまでの自分が知らなかった世界を体験させてもらいました。

その頃の日本はバブルの時代。僕が知り合った人達は、決して下品ではない、一流の人達ばかりでした。アルバイトで可愛がってもらったGさんという、当時四十歳くらいの人には本当にたくさんのことを教えてもらいました。その人のもとで働いて、輸入の仕事も学ぶことができたのです。でも、色々と勉強していくうちに、僕はどんどん生意気になってしまって、あるとき「もう、この人から学ぶことはない」と思い込んでしまったのです。それで、その仕事をやめてしまって、関係を絶ってしまったのです。

今考えたら、二十歳も年下の人間からそんなことを思われて、どんなにその方が傷ついたかと思いますし、本当に後悔しています。手取り足取り、色々なことをその方には教えてもらったのに。仕事を覚えていくうちに、思い上がってしまったのです。あの頃の僕はとても若くて、生意気で、自分の力を過信していたのかもしれません。それからずっとその方とは話をしていませんが、自分のなかであのときのことを謝りたいという気持ちがしこりのように残っています。もう二十年も前のことですが、今でもとても尊敬していますし、僕はいつか必ずGさんには挨拶に行きたいと思っています。

エムカン前夜

Gさんのもとを離れて、またアメリカに行きました。今度はニューヨークです。その頃、アンティーク雑貨やインテリアに興味を持っていて、そういうものを日本に紹介する仕事をしたいと考えていました。それでニューヨークに行くことに決めました。デザインやインテリアといえばニューヨークがいちばんでしたから。

サンフランシスコ時代とは違って、半分仕事のような感覚でした。ちょうど洋服屋が雑貨などを扱うようになった頃だったので、お店の立ち上げの手伝いをしたり、輸入インテリア雑貨の会社にカタログや資料を送ったり。日本から来た人の案内などもしていました。僕がニューヨークにいるということが、日本から来た人達の役に立てばいいなと思っていました。でもビザがあるわけではないから、三ヶ月で行ったり来たりしていました。今から思うと「何やってたんだろう」と思いますが、何かを見つけるセンスには自信があったし、何かを知りたいと思ったときに、どうしたらそれを知ることができるのかという方法を見つけるのが得意だったのです。例えば本屋さんに行っても、自分が読みたい本を見つけるのがすごく早い。だから、人から頼まれたものを探すことに関しては、とても長《た》けていたと思います。これは今でも自分の長所だと思っています。

まあ、とはいっても、仕事というほどの仕事はなかったですから、まだまだその日暮らしみたいなものでした。サンフランシスコ時代と、さほど変わらない状況ではありました。そして、仕事に対する思いもそんなに強くなかったと思います。遊びのほうが優先。仕事イコール遊びでもなかったですね。どうやったら仕事をしないで遊んでいられるか、そんなことばかり考えていました。まだ若くて生活の安定なんていらなかったし、なるようになればいいと思っていました。それに日本はバブル期でしたから、バイト気分で何かやればすぐお金になるような時代だったし。生活や趣味にお金をかける人が増えてきてましたから、「こんなもの見つけたんですけど、どうでしょう」って言うと、すぐに買ってもらえたのです。それと古着ブームもあって、ニューヨークの古着屋で買ったものを日本の洋服屋さんに知らせると現金で買い取ってもらえたのです。だから生活するためにあくせくする必要がなかった。変な時代でした。

実は「エムアンドカンパニー」と名乗り出したのは、その頃です。請求書を書かなくてはいけなくなったときから、この名前を使うようになりました。名前の由来になったのは、ニューヨークに今でもある「M&Co」というデザイン会社です。そこに友達がいて、僕も松浦で「m」だから、僕が日本の「M&Co」になろうということで名付けました。

その頃はまだ本は扱っていませんでしたが、本は好きだったのでよく古本屋に行っていました。英語をほとんど話せなくても一日時間をつぶせるところといえば、本屋しかなかった。それに今まで自分が見たことがないものを、たくさん見ることができましたから、朝から晩までよく行っていました。

生活に余裕が出てきてからは、写真にも興味を持ちはじめました。ワークショップに通ったり、美術館やギャラリーを回ってオリジナルプリントを見たり。報道写真やファッション写真、とにかくたくさんの写真が見たくて、色々な古本屋で古いヴィジュアルブックなどを探しては手にしていました。そうやってたくさんの本屋を回っていると、どこの本屋にどんなヴィジュアルブックがあって、いくらくらいで売っているか、だんだんわかってくるのです。例えば、ある古本屋では五十ドルで売っている本が、別の古本屋では三百ドルで売っているということが当たり前のようにある。

そこで僕がはじめたのは、こういう方法です。余裕が出てきたといっても、まだまだお金は持っていなかったので、貴重な写真が載っているものだけは買って、自分の手元に置いておく。何度も見て飽きた本は道端で売って、そのお金で別の本を買う。五十ドルで買った本を道端で百ドルで売っていて「高いね」と言われても、「でも向こうの店は三百ドルで売っているよ」と説明できれば、ちゃんと売れましたね。「エムアンドカンパニー・ブックセラーズ」(以下、エムカン)のはじまりは、ニューヨークの道端で、こんなふうにヴィジュアルブックを売ったことからでした。

ニューヨークの道端で本を売っていたなんて言うと、何か特別なことをしていたように思われるかもしれませんが、みんなそうしていたのです。僕はそれを真似《まね》しただけ。そのときも地べたで人を見上げている自分が低いところにいるんだなということを感じていました。新しい本を買うため、明日のご飯を食べるためという部分もありましたから、自分はまだ低いところにいるけれど、今に見ていろという強い気持ちがありました。

でも、何冊かの気に入った本を抱えて日本に帰って、年上の友達に見せると、みんなびっくりしてくれました。「こういう本を持ってきてくれたら全部買うよ」と言われて、得意な気持ちになりました。なかにはその場でお金を渡してくれて、これで買ってきてくれという人もいたくらいです。一流のグラフィックデザイナーやカメラマン、アートディレクターの方々が、僕が探してきた本を買ってくれたのです。当時は古本屋が値段をつける仕組なんてわからなかったのですが、僕がつけていた値段が、今まで彼らが本を買うときに払っていた値段よりも安かったことは事実でした。確かにいい本には高い値段がついていますが、探せば必ず安く出てくる。そのときも僕は本を探すのが得意だなと実感しました。ニューヨークやサンフランシスコに行けばどこに何があるか全部頭に入っているし、「これは仕事になるかも」と思いました。それから本を扱うことをはじめたのです。今まで曇っていた胸のなかがなんとなく晴れてきたような気がしました。

エムカンとは　㈡

思いついたことはすべてやる

店を持たずに本屋を成り立たせる、インターネットなどない頃《ころ》です。そのためにまず、僕が決めたのは「思いついたことはすべてやる」ということです。人に話したら無駄だと言われるようなことでも、とりあえず思いついたことはすべてやろうと思いました。失敗は当たり前。とにかく、思いついたアイデアは全部やってみようと。

最初は毎日『マスコミ電話帳』を片手に電話作戦。デザイナーやアートディレクター、カメラマンなどの方々に、直接、自分でコンタクトをとりました。それと手紙作戦。宛《あて》名《な》は筆ペンで書きました。ボールペンで書いたら、アシスタントで止まってしまって、本人のところまで届かないと思った。それでも百軒中、一軒会えたらいいという感じでした。あとはカタログをつくったり、色々やりました。小さなことでも思いついたことは全部やりました。自分が他の人と勝負できることは本のことしかなかったから、一生懸命がんばりました。ファッション雑誌を図書館で見て、「このブランドは五〇年代のデザインを欲しがっているはず」と分析して電話をしてみたり。それがきっかけで、今でも関係が続いている方もたくさんいます。買ってもらった人に別の人を紹介してもらったこともありました。

今から考えると、バカバカしいことや恥ずかしいこと、失礼なこともたくさんしていただろうと思いますが、たとえ小さなことでも思いついたことを全部やるというのは、できそうでできないと思う。何よりも勇気が必要です。その代わり、楽しんでやっていました。どうやって相手をびっくりさせたり、喜ばせることができるかとか、色々と考えました。サンプルを送りますと言って、突然十箱以上の本を送ったり。なかを見ると、その方にとって必要な本がたくさん入っているから、びっくりしても、あとで買ってもらえる。今ではそんなことはできないけど、それでコミュニケーションもとれたから、そのやり方で良かったんだろうと思います。

個別営業をする傍ら、原宿《はらじゅく》のキャットストリートにシーツを広げて古雑誌を売っていました。フリーマーケットでも、けっこうたくさん売りましたよ。古雑誌と言っても、アメリカで五ドルで買った五四年、五五年、五六年の『ＬＩＦＥ』の広告ページを切り取って、袋に入れたものです。その三年間は、アメリカの景気がすごく良かった時代だから、広告ページ数も多いのです。一冊でだいたい広告が三十ページ、それをカッターで切って、厚紙を敷いてビニール袋に入れて……一枚五百円で売りました。『ＬＩＦＥ』

は当時、日本の雑貨屋さんでは一冊二千円で売っていましたけど、アメリカで買えば送料も含めて一冊千円。それが三十ページの広告を売ることで一万五千円になる。

ある日、いつものようにキャットストリートで売っていたら、リーゼントで五〇年代の格好をした男性がやってきて、置いていたもののほとんどを買ってくれました。それが「ピンクドラゴン」の山崎眞行さんだったというのは、あとで知りましたが、すごくうれしかった。買ってくれたうえに店用にと注文をくれたのです。それがきっかけになって、『LIFE』の広告ページの卸しもはじめました。パルコの雑貨屋でも買ってもらったりして、しばらくはそれで生活してましたね。お金ができたらアメリカに行って、頼まれたものを買ったり、頼まれもしないものを買って帰ったり。そんなふうにアメリカと日本の行き来をしていたので、実際にそれで儲《もう》かっていたかどうかは、よくわかりませんが……。

もちろん、本屋だけではやっていけなかったから、建築現場のアルバイトも続けていました。週三日だけ本屋をやると決めて、他の四日はずっとバイト。まったく休みはなかったけれど、その「本屋」である三日間が実は休みでもあったんだと思います。早くバイトをやめて、本屋だけを仕事にするというのが当時の目標でした。しかし、ふたつの仕事をやっていることが、ちょうど良いバランスだったと思います。もしかしたら本屋だけでやっていくこともできたかもしれないけど、ギラギラした感じではやりたくなかった。それは、周りの大人から教わったことでもありました。

自分で見つけた本に自信があったから、頭下げてまで売りたくはなかったんです。そうしてしまうと、本の価値を下げてしまうような気がして。高飛車な感じになる必要はなくても、ある意味、志高くやっていたかったんです。そのためにバイトも必要だった。自分の気持ちのバランスをとるという意味でも、バイトをやめないことは僕にとって大切なことだったんだと思います。

売り込むというよりは、見てくれる人とその本を通じてコミュニケーションをとりたかった。お客さんと一緒に楽しい時間を過ごしたかったし、そうやって人と出会いたいと思っていました。とにかく自分が見つけた本をやみくもに売るようなことはしたくなかったのです。

勉強とコミュニケーション

その頃でも「まだ自分は低いところにいるんだな」という気持ちはあったと思います。知り合う人達はみんな、学歴や肩書きがありましたからね。でも一方では、人と違うことをしている自分に対する楽しさや誇らしさのような気持ちも感じていました。「これがアメリカのやり方なんだ」という気分でした。自分のことを「もっともアメリカ人的なオレ」と思っていました。それと周りに対する劣等感からかもしれませんが、人が知らないことを調べて知識を増やしていこうという気持ちは強く持っていました。

もともとデザイン史や美術史は、ニューヨークでたくさんの本や資料を見て、徹底的に勉強していました。有名な写真家が今までどの雑誌でどんな写真を撮ってきたのか、この雑誌はどんなアートディレクターが手掛けていたのかといったことなどは、すべて当時の雑誌や本を見ながら勉強しました。ニューヨークの本屋には雑誌のスペシャリストみたいな人がいますので、たくさんのことを教えてもらったりもしました。

そうやって勉強しているうちに、今まで自分が日本で見てきたポスターやグラフィック、広告のソースを知るようになっていった。きっとそういうアイデアの素《もと》は限られた人達だけが知っていて、一般の人は知らないんだろうなと思いました。まだまだ自分も知らないことがたくさんあって、きっと一般の人になるともっと知らないことが多いんだろうなと思ったときに、それを伝えることを仕事にしたいなと思った。未知のものは刺激的だから自分ももっと知りたいと思いました。

最初に写真が好きになったとき、写真家の仕事にも興味を持ちましたが、意外と簡単に諦《あきら》めることができました。写真を学べば学ぶほど、もうすべてやりつくされてしまっていると思ってしまった。今からはじめたら、何をやっても真似《まね》になってしまう。六〇年代で基本的な写真の表現はすべて出尽くしていて、オリジナリティを出すのは難しいんじゃないかと考えたのです。今振り返れば、それはまったくの間違いですが。

それと僕は、広告写真よりもソーシャル・ランドスケープ（社会的風景）と呼ばれる写真を撮りたかったのですが、自分には普通の生活をしている人にカメラを向けるなんてことはできないと思ったのです。嫌な顔をされて、罵《ののし》られて、人を傷つけてまで写真を撮るなんてできないなと。それなら、自分が勉強をしてきた写真の素晴らしさを本を通じて伝えたほうがいい、そこに自分の力を向けようと思いました。

僕が調べたい、勉強したいと思ったことは、ちょっとしたきっかけや、小さな興味から見えてくるものが多かった。当時は年齢のわりに色々なことを知っているという自負もありましたが、ちょっと視点を変えるだけで自分が知らなかった世界が見えてきました。

当時は知識の世界が広がっていくこと自体が楽しかったんだと思います。美術やデザイン、音楽などのジャンルを同時に吸収していくと、どこかですべてつながってくる。そこからまた、ジャンルを越えて興味の対象が波紋のように広がっていく。そうやって勉強していくと、自分のなかの厚みが出てくるという実感がありました。そして、自分の知識を広げていくと、好きなものと嫌いなものがはっきり見えてくる。好みがわかってくると、自分のセンスが確認できるようになる。同じ興味があるジャンルのなかでも、好きなものと嫌いなものを選別することで、自分という人間を見つけようとしていたのかもしれません。

それと勉強で得た知識は、人に話すことでまた広がっていきます。その頃に一流のアートディレクターやカメラマン、デザイナーの方々に出会えたことは、自分にとってとても刺激になりました。彼らから刺激を受けてより新しいものを知りたいという意欲が生まれて、新しく得た知識によってまた自分のセンスを磨こうという気持ちが出てくる。その相乗効果で、より一層自分の本の知識は広く深く広がっていきました。

それまでの自分を思い返すと、自分の殻に閉じこもっていて、そんなに人と話をしてこなかったと思います。人に喜ばれるようなことをしていなかった少年時代だったし、挫折《ざせつ》も含めて自分が人に求められているという思いも持ったことがなかった。当時は若かったし、元気なふりをしていたけれど、高校をドロップアウトしたこともあって、荒《すさ》んでいたところもあった。それが、ひょんなことから写真の勉強をして古本を知って、それを人に伝えるようになったらすごく喜ばれるようになった。本を売るようになって「はじめて人の役に立ったんだ」と思いましたね。そして、せっかく役に立ったんだから、もう少し自分でがんばってみようと思ったのが、僕の仕事の原点だと思う。自分が選ばれたいし、役に立ちたい。そこに存在理由を見つけたい。はじめて恋愛以外で人に必要とされたというのは、本当に自分にとってもとても大きな喜びでした。

今でもそうですが、やっぱり誰《だれ》かの役に立ちたい。もちろんお金をもらいたいという気持ちもあるけれど、それよりも役に立てることのほうがうれしかった。自分なんていないほうがいいのかな、なんて思っていたのに、ひょんなことから「君みたいな人がいてくれないと困る」なんて言われたら、とびきりうれしい。本が色々なことを自分に与えてくれたんだと思います。とにかく当時は、知らないことを知る楽しさ、ものを探し見つける楽しさ、そして、それらを伝える楽しさがあったから、とても充実していました。

はじめての「店」

本を売ることをはじめてしばらく経《た》って、赤坂《あかさか》の「ハックルベリー」の一角に店を出すことになった。月々わずかな賃料でスペースを借りて、本屋をはじめました。それが、はじめて不特定多数の人に触れる形でのエムカンのはじまりになります。それまでの僕は、本屋といってもいわゆる「資料屋」に近くて、路上で売っているとき以外はお客さんもアートやデザインのプロの方に限定していましたけど、そろそろ本というツールで一般の人ともコミュニケーションがとりたいなと思いはじめていたのです。それと正直言って、重たい荷物を持って歩きまわるのも嫌になってきていました。道端で本を売る生活じゃなくて、お店という「ひなた」に出てみたかったという気持ちもあったのかもしれません。

店を開店する少し前に「『ブルータス』の岡本と申しますが、松浦さんが今度お店を出されるという話を聞いて、ぜひお会いしてお話を伺えればと思っているのですが……」という電話がかかってきました。僕は家の地図を書いて岡本さんにファックスで送りました。その頃、横浜市に住んでいて、自宅に本の在庫を置いていましたが、家は駅から遠いし、本当に来るんだろうかと思っていました。夏の暑い日にそんな遠いところまで、まだ店を出してもいない人間のところまで来るはずがないと。そうしたら、本当に約束の時間に来たのが、現在（二〇〇三年）『リラックス』の編集長をされている岡本仁さんです。まだ誰も僕のことを知らなかったのに、自分の足で訪ねてきた岡本さんはすごい編集者です。それがきっかけで、彼に知り合えたのは、僕にとっては本当に大きな出来事でした。彼と友人関係になって長いけれど、ずっと彼を尊敬しているのは、そういう出会いが基本にあるからです。

岡本さんは、家にあった在庫を見てくれて、とても気に入ってくれました。全部欲しいとまで言ってくれました。そして二ヶ月後には、僕のことが『ブルータス』の巻頭に掲載されていました。店のほうも結構前評判が高くて、たくさんの問い合わせをいただいたり、オープンのときには人が並んだりしました。その当時、まだオールドマガジンや洋書の古いヴィジュアルブックを扱っている店は少なかったから、珍しがられたのです。その後、ほとんどの雑誌が取材してくれましたし、自分も一生懸命だったから、店にはたくさんの人が来てくれました。

赤坂の店では、今につながるたくさんの人との出会いがありました。それが僕にとっていちばん良かったと思えることです。当時「ピチカート・ファイヴ」の小西康陽さんや、「ファンタスティック・プラスチック・マシーン」の田中知之さん、岡本さんをはじめとするマスコミ関係の人達など。色々な人達と知り合うことができて、ますます自分の世界が広がっていきました。ハックルベリー時代に知り合った人は、今でも大切な人達ばかりです。ハックルベリーでは他にも料理家の人やスタイリストさんが個展をやったりもしていたので、長尾智子さんや福田里香さん、佐々木美穂さん、岡尾美代子さんのような方々とも知り合いました。

それまでは年上の人達ばかりとの付き合いが多かったですから、何か一緒にやろうといった話にはなりませんでしたが、赤坂で知り合った人達はジャンルも幅広いし、ほとんどが同年代だったから、一緒にイベントをやったり、フリーペーパーをつくったりもしました。田中さんと最初に出会ったのは、中目黒《なかめぐろ》にあった「モダンキッチン」というクラブでしたが、そこで一緒にスライドVJのイベントをやったりしました。自分達が選んだ写真を複写して、それをスライドで見せるイベントです。すごく好評で、地方巡業にも行きました。

小西さんも参加してくれたり、「エスカレーターレコーズ」のミュージシャンも一緒でした。その頃、小西さんに「DJが音楽をつくるように松浦くんも本をつくったほうがいいよ」と言われました。「今まではミュージシャンが音楽をつくっていたけど、自分の感性を構築することでDJも音楽をつくるようになった。松浦くんもいいヴィジュアルをたくさん見てるんだから、何かつくったほうがいいよ」って。そういうこともできるのかもしれないなと思いました。

そして、はじめて文章を書いたのも、赤坂で店をやっていた頃です。最初は『ブルータス』でしたね。神保町《じんぼうちょう》の「東京泰文社」という古本屋が閉店してしまう話を書きました。それから文章の依頼が来るようになりました。必要とされるなら何でもやりたいという気持ちでいたので、頼まれたら何でもやりました。なんとしてでも頼んでくれた人の気持ちに応《こた》えたいという思いで取り組みました。

あの当時は毎日がお祭りみたいでした。それまで日本には居場所がないと思っていたけれど、赤坂でたくさんの人と出会ったり、自分がやっていくべきことが見えてきたことで、はじめて自分の居場所が見つかったという気がしました。その頃もアメリカには行っていて、アメリカに行けば昔からの友達もいて居心地は良かったですが、赤坂時代からはそんな心境の変化もあって、知らないところにも旅してみたくなりました。自分に変化が起きたのは、自分がいいなと思ったものを同じようにいいと思ってくれる人達と知り合えたからだと思います。そんなことは店をはじめるまで想像すらできませんでしたし、まさか同年代で自分と同じように本の素晴らしさについて楽しめる人がいるとは思ってもいませんでした。

みんなお客さんですが、あまり商売の対象としては考えていませんでした。店では本を買ってもらうよりも、一緒に話したりすることが楽しかった。その頃は、六〇年代のアートブックに注目が集まっていたし、ちょうどみんながフリーペーパーなどで、自分が面白いと思っているものや考え方を発表できるようになっていたので、時代的な雰囲気も良かったのです。何かを見つける喜びが周りにも溢《あふ》れていました。音楽でも本でも家具でも、古いものを聞いたり見たりすることで、新しさを見つける方向に向かっていました。そんななかで、僕も本のことを伝えたい、それをたくさんの人に見てもらいたいと思っていました。コレもコレも……ってホント、仕事ですが、仕事だと思わないくらい楽しかったです。

営業に行くことも続けていました。店のほうがそんな感じでしたから。外まわり営業で利益を上げなくては、という部分もありました。僕にとって赤坂で店をやる前から、外まわり営業で本を買ってくれた人は恩人なのです。たった一人でやっている若造から何万円もする本を買ってくれるなんて、本当にありがたい。人間関係の大切さを実感します。当時の僕にとっては、みんな雲の上の人でしたから、今考えてもよく会ってくれたと思います。会ってくれただけではなく、そんな人達から「すごいね。本でしか見たことがなかったよ！」なんて言われたら、やっぱりうれしくなります。当時やりとりしたファックスは、今でも宝物のように残してあります。

営業に行く前には、その人の仕事や作品を見て、どんな時代のものに影響を受けているのかを自分なりに考えて、商品をセレクトして持って行きました。僕は相手のストライクゾーンしか持って行かなかった。本は重たいですし、帰りは絶対に手ぶらで帰ろうと思っていたから、行く前にセレクトはすごく考えました。もしも当てずっぽうに何でも持って行ったりしたら、「こいつは本を売りつけに来ただけなんじゃないか、無理矢理買わされてしまうんじゃないか」と思われる。相手に喜んでもらえるものをセレクトして、自分の見当があたって喜んでもらえるのが楽しかった。またその気持ちに応えたくて、新しいものを探してくるという繰り返しでした。

直接会って話すことができるようになったら、会話に集中しながら、その人自身や本棚に並んでいる本を見たりして、何を求めているのかを見極める。そうやって、自分なりの顧客カルテをつくり上げてきました。この人はこれが好きだってわかったら、新しい情報をファックスで送ったり、電話連絡を続ける。相手は、自分の好みのものをぴったり当てて送ってくるから、びっくりしていましたけど、とても喜んでくれました。

たとえ買っていただけなくても、例えば写真家の荒木経惟《あらきのぶよし》さんとか、電話でお話しただけですが、面白い経験になった人もいます。ドキドキしながら電話をしたら、本人が出られてびっくりしました。そうやって緊張しながらも一本の電話を入れることからはじめたことで、度胸もついたし、すべて自己流だけど色々と勉強になりました。ほとんど断られてばかりでしたが、そんななかでも話を聞いてくれる人がいたから、望みを持つことができたと思います。そして、自分の商品に絶対の自信があったから、そんなに辛《つら》くはなかった。また、その頃に話を聞いてくれたり、本を買ってくれた方々と、今では一緒に仕事させていただけるようになったということは、不思議だけれど本当にうれしい驚きです。

人の好みを様々な要素から探し出していくという能力は、アメリカにいた頃に培ったのかもしれません。英語が話せなかった僕は、相手が自分に何を伝えたいのか、何を考えているのかを一生懸命想像していましたから。集中して物事を考えて、想像することって、どんな仕事でも必要なことではないかと思う。その能力は今、文章を書いたり、編集の仕事をするときに役に立っています。

この頃も、本に対する自分なりの勉強も相変わらずやっていました。むしろ、もっともっと勉強しなくてはという感じで、どんどん本の世界にはまっていったのです。一流と思われているものが評価されているのは当たり前だとして、みんなが知らない二流のもの、教科書に載っていないもののなかにも素晴らしいものはたくさんある。でも、自分の足を使って、自分の目で見つけてこないと、そういう本は古本屋の片隅に埋もれてしまいます。時代のメインストリームではなかったけれど、ちゃんと時代の空気を映しているもの、いわゆるサブカルチャーといわれるものが、自分の興味のあるものだったし、自分が扱う商品でもありました。

雑誌や作品集などの現物を見ながら一生懸命勉強していましたね。写真集は出版していないけれど、雑誌で活躍しているすごくいい写真家だってたくさんいるし、教科書に載っていないけどいい作品はたくさんある。今でも学ぶべきことは、自分が知っている世界だけじゃないと思っています。知らない世界に足を踏み入れていくからこそ、新しい出会いがあるのではなかろうか。

仕事をしながら、常にそれぞれリンクすることを勉強していたあの時代は、本当に楽しかった。もっと勉強したくて、一日の時間が足りないと思っていたくらいです。忙しさで疲れたと思った記憶はありません。少し前までは、自分を誰かに認めてもらいたくて、外に向けて働きかけることを一生懸命やっていましたが、ちょっとその時点で自分の内側に興味が向いてきたという感じです。友達ができたり、自分を必要としてくれる人が増えたことで、必死になって外に向かっていた気持ちを自分のほうに持ってくることができた。この頃には、それまでの地を舐《な》めるような辛さは、すべて帳消しになったような気がしていました。それなりに大変なこともありましたけれど、自分がうれしいと思えることのほうがたくさんありましたから。

エムカン、中目黒時代

「ハックルベリー」が改装することになって、三年間続けた赤坂の店を閉めることになりました。ちょうど、執筆の仕事も増えてきていたので、新しく仕事場を借りようかなと思っていたところでした。友人だった、マネージメントオフィス「ＫｉＫｉ」の川崎あゆみさんも事務所の物件を探していて、だったら広い場所を一緒に借りようということになり、中目黒のマンションに移りました。新たなエムカンのはじまりです。

今度はマンションだから、いつでも開いてるという感じではなく、予約制にすることにしました。赤坂時代も同じようなものでしたが、店に来る前にとりあえず電話をもらって、僕がいるかどうか確認してもらっていたのです。マンションでやることにしたのは、店は簡単にはじめることができるんだということを提案したかったからです。普通、店をはじめる場合、お金もかかるし、物件を探したり内装をしたり、色々と大変です。でも、商品にさえ自信を持っていれば、アパートやマンションでも、どんなところでも店はできると思った。

ちょうど僕が中目黒に移った頃は、近くに家具屋の「オーガニック・デザイン」くらいしかなかった。当時は人も少なくて暇でしたが、不思議と友人関係はさらに濃くなっていきましたね。店は多くなかったですが、徐々に中目黒に事務所を持つ人達が増えてきたのです。のちには「中目黒系」なんてマスコミで言われて、ちょっとしたムーブメントにもなりました。

やっぱり「オーガニック・デザイン」「オーガニック・カフェ」の存在は大きかったと思います。あそこに集まる人達が何かを発信していたのです。それぞれ違う仕事をしているのに、みんながお互いを認め合っていました。トークショウなどで呼ばれて行くとミュージシャンの松田岳二くんとか田中知之さんとか、「カフェ・アプレミディ」の橋本徹さんといった方々と顔を合わせることがよくありました。みんな共通して、自分の仕事のスタイルを形づくる直前のような時期を過ごしていたような気がします。一緒にやっていくということではありませんが、それぞれがノリや遊びだけで終わらせないぞという決意をもって仕事に挑んでいました。

この頃は本屋以外の仕事がぐんと増えた時期です。ちょうど三十歳くらいの頃。相変わらず海外に行って、本を集めてきたりもしていましたが、「ラフォーレ」のフリーペーパーとか、テレビ番組の構成とか、映画の予告映像をつくったり、CDジャケットのデザインや本の装丁もやりました。一体、自分の本業はなんだろうと混乱するほど仕事の幅が広がっていきました。バンタンという専門学校でも、特別講師として、アートディレクション科で一年間、週に二度講義を持っていました。すごくたくさん仕事をしていたけど、バブルがはじけたあとだったこともあって、冷静に考えると収入は意外と少なかった。こんなに忙しいのに、なんでお金がないんだろうという感じでした。

でも、確かにお金がない時代だったけれど、毎日が充実していました。今から思うと、地に足がついていなかった気もしますが、あのとき色々なことをやったおかげで、自分がどんなことをどこまでできるのかということがわかりました。惜しみなく自分の感性を出していたし、楽しいと思えるならどんなことでもやろうと思って仕事をしていました。やることなすことはじめてのことでしたが、ベストを尽くして一生懸命がんばっていました。失敗したら次はないと心に言い聞かせながら。断るということはほとんどなかった。自分が消費されていく不安感もありつつ、こんな自分でも人が必要としてくれることへの喜びは強かったと思います。

「本業」への迷い

中目黒に移って二年を過ぎた頃、K・i・K・iも会社が大きくなって手狭になったし、僕も忙しくなってきたので、別々に部屋を借りようということになりました。その頃のエムカンは、中目黒系の人がよく行く本屋で、あそこに行くとオシャレで何かのネタになるような本があるというイメージが固まりつつあったんです。それに応えようとする気持ちもありましたが、常に何か次を探さないといけないという気持ちがプレッシャーになってきていたことも事実です。「サム・ハスキンスの次は何?」「最近は何がいいんですか?」と聞かれても、僕は最初から「今はこれが受ける」という目的で本を紹介していたわけではないし、流行をつくるつもりでもありませんでした。

「次は何?」ということを常に求められるのが嫌になってしまった。楽しくなくなってしまったし、本屋をやっていること自体が面白くなくなってしまった。そう思っていると、本屋を続けることが困難になってきました。そういうふうになってしまったのは自分の責任でもあるから仕方ありませんが、自分がいいと思うものを自分のペースで人に伝えられなくなってしまった時点で、店は閉めようと決意したんです。もっと言うと、中目黒を引き払う寸前には文章を書く仕事も増えて、忙しくなり過ぎてしまった。アウトプットするばかりで、インプットする時間がなくなってしまっていました。友達にも会えなくなってしまって、会うとしても仕事でという感じになっていました。

それから一年間くらいは、本屋の仕事は何もしないで、自分が本に対して持っていた思いを整理していました。そんな時間は、本屋以外の仕事があったから持てたのだと思います。本屋のことは心の片隅に置いて、文章を書いたり、編集の仕事ばかりをしていました。その頃に、初のエッセイ集『本業失格』を出版しました。でも、本屋から離れていたときに、友達からふと「松浦さんは本屋をやっているのがいちばんいい」と言われて、なんとなく自分でも「僕は一体何をしたいんだろう」と考え込んでしまいました。

当時はたくさん悩みました。色々な人に誘ってもらって、色々なことをすることで、発生してしまうリスクというものをはじめて知ったのです。忙しすぎるリスクに気づいたんです。それまでは、忙しく仕事をすることが目標でもあったのに、忙しすぎるってろくなことがないんだとはじめて思った。

反面、マスコミは本業が見えにくい感じを「中目黒系のあのユルさがいい」なんて言っていたけれど、そんなこと全然なかった。そのギャップも気持ち良くなかった。なんとなく自分じゃないみたいな感じがしていました。でも、生活をしていかなくてはならないから仕事はしないといけないし、仕事の手を抜くこともできない。赤坂の頃からずっと楽しくやってきたのに、なんでこんなに辛くなってしまったんだろうと思いました。

そのときは、もう次に本屋をはじめなくてもいいかなと思っていました。一生本屋をやろうと思っていたわけでもないし、文章を書くこともそうですが、本屋は自分の表現方法のひとつでしかないと思いはじめていたんです。それに本を扱うことにむなしさも感じていました。僕が「この本はいい」と誰かにすすめたとしても、その本は僕のものではない。他の誰かがつくったものであって、他人のものなんですよ。

今考えれば、セレクトすることもひとつの表現方法だと考えることもできたと思いますが、そのときは、しょせん他人がつくったものを売っているだけだと考えてしまっていたのです。半ば自暴自棄のような気持ちになっていました。だから、そのバランスをとるために、執筆の仕事をがんばったのです。文章は自分の内側から出るもので、誰かに伝える意味がある言葉だと思って、一生懸命書きました。直接表現に興味がわいてきたから、一方で本屋をやるという興味が薄らいできていたのかもしれません。

僕の旅する本屋

しかし、何かのきっかけで、そのときの状況から少し離れてみて、昔のことを思い出してみたのです。自分がいちばん楽しかったのはいつ頃だろうって考えたら、やっぱりニューヨークの道端で本を売っていたときだった。あの頃のような感じでできるんだったら、もう一度本屋をやってもいいなと思うようになりました。初心に帰ろう。初心といえば道端だ！　路上に帰ろうと思った。でも、また同じように本を並べていても進歩がないし、自分なりの方法でやったら面白いかもしれないと考えました。リヤカーとか、自転車とか、車で色々なところに行けるのも楽しいなというように、どんどん想像がふくらんでいき、だんだん僕なりの「移動式の本屋」というアイデアがまとまってきました。それならアポイントメント制にしなくていいし、どこで店を出してもいい。それと今までは洋書だけを扱っていたけど、今度はそういった特別な本だけを置くのではなくて、和書も並べようと思いました。もちろん、すべて僕が目を通したものですけど、そうしたらもっと自己表現ができるだろうと思いました。

店を休んでから準備を含めて一年間。思いついてからは四ヶ月くらいで、二トントラックを改造した移動本屋ができあがりました。僕は、昔から無鉄砲なところがあって、準備もそこそこに思い立ったらすぐやってみるというところがあるんです。その事実がいちばん顕著にわかるのが、僕は車の運転免許を持っていなかった。運転はスタッフに任せることにしました。用意周到にやるのもいいけれど、考えているうちにやっぱり無理かもと思ってやめてしまうこともあるから、難しいことはすっ飛ばしてやってしまうくらいの勢いがあったほうがいい。

名前は「エムアンドカンパニー・ブックセラーズ」改め「エムアンドカンパニー・トラベリング・ブックセラーズ」。自分のなかでは「トラベリング」という言葉が大きかったんです。僕の旅する本屋。その頃には、自分が書く文章の内容も、書評的なものではなくて、エッセイに切り替わってきたので、書くことも楽しくなってきました。編集の仕事もそうですが、やっと方向性が定まってきたというか。おかげで、前よりも気持ちが穏やかになりました。

本を人に伝えるための自分らしいオリジナルの方法が見つけられたので、希少本を探さないといけないという強迫観念から解放されたことが大きかった。「エムアンドカンパニー・トラベリング・ブックセラーズ」では、エムカン、イコール、オシャレなヴィジュアルブックという固定観念から脱却できたことがいちばん良かった。今までとはまったく違うアイデンティティがある方法で店をやることができたから、自分としても本当の意味で再出発できたのだと思います。それと今までに他の人がやってきたことと同じ方法はやりたくないという気持ちもありました。店をはじめるためにお金と時間をかけるんだとしたら、普通のやり方でやっても成功すると思えなかったし、どうせやるなら、誰も見たことないやり方でやりたかった。

逆に言えばこれは、僕が最初に移動式の本屋をはじめれば、同じようなことが誰にでもできるんだということを示せることにもなると思いました。マンションの一室で本を売っていたときと同じように。トラックだったら、自分で好きなところに行ってやればいいし、場所を借りなくてもできます。そうしたことを若い人達や、これから店をやりたいと思っている人達に感じてもらいたいと思っていました。高いところからものを言うのではなく、僕が実践するのを見て、もっと色々な方法に気づいてもらえればと考えたのです。僕も若い頃から年上の人達に影響を受けてきたわけですから、もしも自分より下の世代で僕と同じようなことをしたいと思っている人がいるのであれば、彼らのヒントになるような、新しい選択肢になるようなことを見せたい。移動本屋は今でも続けていますが、自分なりの方法を見つけられて本当に良かったと思います。

定期的に地方にも行っています。名古屋、大阪、京都……全国どこへでも店を持っていけるのは楽しい。インターネットで各地に行く前にインフォメーションもできるので、毎回たくさんのお客さんに来ていただいています。東京での出店場所に、恵比寿《えびす》のアメリカ橋公園を選んだのは、なるべく人通りが少なくて邪魔にならないところをと思っていたからです。あまり目立ちたくなかったし、人の迷惑にはなりたくない。あとトイレが近くにあることも大切です。外での営業ですから。そういう色々な条件を考えたらあそこがベストだったんです。

移動本屋をはじめてから、お客さんの層が大きく変わりました。中目黒の頃はほとんどが知り合いでしたが、今は知り合いはほとんどなし。公園の脇《わき》でやっていて、ブラリと通りすがりの一般の人が来てくれることが本当にうれしい。僕にとっての理想の形です。やっと自分らしい本屋がつくれたのです。屋外ですから、夏も冬も大変ですが、それをがまんできるだけの楽しさがあります。僕も本が好きだけど、本が好きな人にとっては、こういう店があったらいいだろうなと思います。ちょっと寄り道したくなるような本屋。移動本屋をはじめて感じたのは、僕は古本を売っているけれど、お客さんには古本を買いにくるという気持ちはないということです。古本ではなくて「本」。普通にお客さんが「本」を見にきて、普通に買っていってくれることが何よりうれしい。

もちろん他にも色々な方法があると思うし、移動本屋が最終形とは思っていません。何か改善点があったら変えていくことも必要で、どうやって店としての鮮度を保つかということが大切だと思います。以前に千駄ヶ谷《せんだがや》のサザビーで、「今日を感じてほしい」という気持ちから「トゥデイショップ」という店を一年間やってみたことがありました。それは、机ひとつで店はできるし、工夫次第で面白いことができる、店なんて誰でもできるという提案でした。サザビーのような空間のなかで、インディペンデントなスタンスを持った店が存在すること自体が面白いなと思ったのです。こういったことは、僕が個人だからこそできる強み。エムカンは組織じゃなくて、イコール松浦弥太郎。そこにマーケティングが入ってきてしまうと、僕じゃないといけない理由はなくなってしまいますから。好き嫌いは別として、松浦さんじゃないとダメなんですといわれると、すごくうれしい。僕のセレクトだって、すごく偏っています。でも、その偏っているということが面白いんじゃないかなと思うのです。

そのためには個人のメッセージを自分なりに表現しないと意味がない。書くことも他の仕事もそうですが、自分じゃなくてもいいことに関しては、相手に対しても、自分に対しても罪悪感を持ってしまいます。五%くらいでもいい、少しでも自分がやったという跡を残すのが大切だと思うんです。それを支えにするしかないと思うんです。そうしたセレクトやテイストを嫌いっていわれたら仕方ないけれど、だからといって一般的なものにしようとは思いません。

昔から諦めが悪いんです。なかなか諦めない。絶対に何か方法があるだろう、どこかでできるかもしれないという望みがあるから悩んだりする。諦めたらおしまいだと思う。諦めなければ、ふとしたときに答えが見つかることもあります。目に見えない力というか、思い願うエネルギーって強いと思う。諦めないでいると、自然と周りに協力者が出てきたりするんです。自分一人でやってきたという自覚もありますが、客観的に見ると全部一人で成し遂げてきたことってほとんどなくて、必ず誰かの助けがあったりしているんです。それにはいつも感謝しています。エムカンも、イコール松浦弥太郎ですが、周りで支えてくれた人がいたからこそ、ここまでやってこれたということは忘れたくない。そう、「エムアンドカンパニー」というのは「松浦弥太郎と仲間達」という意味でもあるのです。僕一人のものじゃなくて、携わってくれたすべての人達のものなんです。だからこそ本屋の仕事だけではなく、他の仕事を与えてくれた人に対しても、自分が何を返せるのかということを考えなくちゃいけない。一方通行ではなく、常にキャッチボールがあってはじめて何かができあがるんだと思う。

今までは自分がためてきたストックでやってこれたような気がするんですけど、これからはストックだけを頼りにはしたくない。自分のセンスだけで仕事をするのは終わりにしたい。客観視してみると、僕は単に調子に乗った素人だったと思います。今まではセンスとか知識の部分、それと器用だったからできたことって多いと思う。ずっと同じことをやってきた人からすれば、横入りをしたようなものです。文章でも編集の仕事でも。でも、ここまできたらもう横入りはできない。これからが自分にとっての勝負だと思う。そのためには技術的なことが必要になってくる。技術を磨いて、本屋と文章を書くことに力を注いでいけたらと思っています。

自由について

「自由」と「自分勝手」

自由は僕にとって大きなテーマです。

でも、今までの人生を振り返ると、「自由」は自分を支えるための大義名分でもありました。高校を中退したり、アメリカに行った頃《ころ》の自分は、いい加減でだらしない生活をしていましたし、「自由」を何かから逃げる理由にして生きていたんだと思います。その頃の僕は、学校や組織の決められたルールに押さえつけられることに対して、強く抵抗を感じていました。

でも結局、そこから飛び出して何をしていたかというと、ただ、だらしない生活しかしていなかった。人と違うことはしていたかもしれませんが、それは単に楽なほう楽なほうへと向かっていたような気がします。要するに自分にとって居心地がいいところにばかりいたのです。女の子の家に転がり込んだり、夜遊びしたり……ロクなことをしてなかった。気持ちががんじがらめになっていたところから抜け出して、希望を探してアメリカに行きましたが、結果的にはどんどん自分が傷ついていっただけということが、はっきりわかったのです。誰《だれ》にも束縛されないところへ行って、そこに果たして自由があったのかというと、自由なんてなかった。漠然と自由に憧《あこが》れて進んできた道の先には、自分勝手な生活しかなかった。そこにあったのは充実感ではなくて、空虚感でした。なんでも自由で、自分のやり方を他人に対しても押しつけるような生活の先には、将来の希望が見つけられなかった。

アメリカから帰ってきて、横浜の自宅で本屋をやりはじめたときに、ふと思ったのが、生活を見直さないとダメだなということでした。一人でやっていくこと、自由であることを実感するには、正しい生活をしないとダメだなと思いました。特にきっかけはありませんが、肌でそう感じたのです。体力とか意気込み、また、持っていた知識には自信があったのですが、それだけでは前に進めない気がしました。どんな仕事でもすべてがクリエイティヴだし、クリエイティヴなことをするなら、規則正しい生活をすることこそが必要だと思いました。

実際に素晴らしい仕事を生んでいる人ほど、正しい生活を送っているということを目にしたことも、自分のそういった気持ちを後押ししたのかもしれません。まず朝ちゃんと起きて、今日やるべきことを整理して、何時までに仕事を終わらせて……といったように自分で自分を管理することからはじめました。今思えば当たり前のことですが……。

そして、何も起きないフラットな生活のリズムがいちばんの幸せなんだということに気づきました。

その頃の僕は、何をするにも「正しいかどうか」ということに、すごくこだわっていました。自己啓発的な本もたくさん読みましたし、「毎日同じ時間に同じことをする」というグルジェフ・ワークなども試しました。わりと影響されやすいんですよ。そして行き着いた先は、シュタイナーの『神智学』とか、ブッダの言葉です。例えば、正しく見ること、正しく考えること、正しく思うことといった八つの正しいこと。八正道《はっしょうどう》といいますが、道徳的に何が正しいということではなくて、個人個人が見極める正しさ。神様は自分のなかにいるのだから、正しさは自分自身との闘いで学んでいくという考え方。それを心の支えにしてがんばろうと。正しく生きていくことから見える自由がきっとあるだろうと思ったんです。

最初は大変でした。「正しく生きたい」と心のなかでは思っていても、そう簡単にできるものではないですから。ちょうど同じ頃にアメリカに住んでいた日本人の友達がいて、彼と色々話したことが自分にとって大きな助けになりました。僕らは、精神的に成長するためにはという話をよくしていました。お互いにそういうことを考えていた時期だったと思います。あるとき彼に生まれてから今までの記憶を辿《たど》ってみようと言われました。覚えていることのなかでいちばん昔の記憶から遡《さかのぼ》って、自分に何かをした人、意地悪でも親切でもなんでもいいから、何か関《かか》わった人を一度全部思い出してノートに書いてみる。

それで、実際にノートに書き出してみると、それまで自分は誰にも頼らずに生きてきた気がしていたけれど、決してそうではなくて、たくさんの人がいてくれたおかげで、今の自分がいるんだなという思いがわいてきました。僕は早い時期に親から独立したので、あまり親に対する依存心がなかったけれど、どんどんと親に対しての感謝の念も持つようになっていきました。人に対する感謝の気持ちを持てるようになってきた。一人じゃないんだということを実感したら、目の前が明るくなったような気がしました。これでこれから先、大切にしていきたいものが見つかったと思いました。

それから正しいことに対する意識も持てるようになって、何かあると「これは正しいのか、正しくないのか」を自分に問いただすようになりました。その友達に「なんか正しいことがわかったような気がする」と話したら、「それはセカンド・バースデイっていうんだよ」と教えてくれたのです。人生のなかには自分が生まれた日と、自分のことが理解できた日、ふたつの誕生日があると知りました。

正しいことの指針は、誰かがそれで悲しむか悲しまないか。僕がたどり着いたのはそういう思いでした。僕にとって大切な人を傷つけないことが、僕ができる「正しいこと」だと気づいたのです。セカンド・バースデイを迎えるまでは、そんなこと関係ないと思っていましたが、周りにいてくれる人がいたおかげで自分が存在するということがわかった時点で、そう思うようになりました。そして、その人達に恩返しがしたい、そのためには自分が元気で仕事をすることが唯一の恩返しなのかもしれないと考えるようになった。もう二度と会わない友達もいるし、これから直接関わることは少ない人もいるけど「僕はがんばっているよ、君もがんばって」という気持ちは持つことができる。恩返しとして、自分ががんばっているところをみんなに見せたいと思った。

それからは今までのことを反省しながら、日々、一生懸命仕事をしました。それまでの自分は、自由すぎるくらい自由な生活をしていたけれど、そこで得られるものはなかった。規則正しい生活をしたからって自由が得られたわけでもない。その間、僕はずいぶん悩むことになりましたが、それは結局、自己中心的な考えから抜け出すのに時間がかかったということだと思います。

広い目で物事を見られるようになった今、僕が考える自由とは、「社会との関わりのなかでの自由」という意味です。これからも「社会との関わりのなかでの自由」というのは、自分にとって大きなテーマであり続けると思います。社会との関わりを持たないと仕事をしている意味もないし、これからはもっと社会に役立つことをやりたい。どうすれば個人として、今の社会に正しい影響力を持つことができるのかが、今の僕の考える自由です。

もちろん、自分が仕事を構築していくにつれて、社会との関わりに不自由さを感じてしまう場面もあります。でも、そこで諦《あきら》めないで、なんでも自分の意見を持ち、それが形になるよう努力して、最終的に正しいものになれば、真の自由を獲得したことにつながるのではないでしょうか。確かに僕は一度ドロップアウトした人間ですけれど、世捨て人みたいにはなりたくない。社会人として自覚を持って、世のなかをきちんとチェックしていきたい。社会の役に立ちたいというのが最大の目的だから、余計にちゃんと社会を見ていないといけないと思うのです。

何かをはじめるときに「これは自分のためになるから」とかよく言います。若い頃は僕もよく言ってましたけど、自分のためになるってことは、そんなに大したことじゃないと思う。自分じゃない誰かに喜んでもらいたいと思ったときに、人はがんばれる。誰かにほめられたり、認められたいからがんばるというのが、正直な気持ちだと思います。自分のことはどうでもいいというと嘘《うそ》になりますが、誰かのためにがんばったらがんばっただけ、結果として自分のところに戻ってくると信じています。

旅の自由、旅の不自由

僕は旅行に行ってもあまり出歩いたりしません。たとえ今まで行ったことのない場所に行ったとしても、ほとんどホテルの部屋にいたりします。何がしたくて旅に出かけるのかというと、静かに考える時間を持ちたいから。自分が住んでいる場所から移動して、一人になったときにはじめて色々なことを考えたりできますから。それが旅の楽しみだというとちょっと変ですけど、旅をすることで味わえる自由って、今の僕にとってはそういうことです。東京にいるときは時間ができても、そこで何かを考えたりできるかというと、そうでもなかったりします。今は家族がいて、どうしても一人になれる時間が少ないから、余計にそう思うのかもしれません。一人になって何かを考えたり感じることで、自分に戻れるというのが僕にとっての旅の味わいなのです。

はじめてアメリカに行ったときは、不安もあったし何が何だかわからなかったけれど、すごく自由を感じて、新鮮な気持ちになれた。その感覚は未《いま》だに忘れられないし、あんな思いはもうできないのではないかというくらいの解放感がありました。今でも僕が旅に出るのは、あの感じをもう一度味わいたいという気持ちがあるのです。もちろんあの頃には戻れないけれど、年をとっても初々《ういうい》しい自分でいたいという気持ちがある。

いう気がしています。

だから、旅に出ることで自分自身を見つめ直すというか、取り戻そうとするんだと思います。何度旅行しても、言葉の問題などで不自由さを感じることってありますから。その不自由さのなかで自分を改めて知ることが今でもある。そうやって初々しい自分に戻ったときに感じたことや考えたことが、直接的ではなくても、そのあとの自分の仕事に活《い》かされているんだと思います。

本の買い付けで海外に行くことが多いのですが、アメリカで買ってきた本を日本で売っても、現実的には赤字。飛行機代と宿泊代をどれだけ安く抑えても、一週間くらい行くと三十万円はかかりますから。それでも本の値段は、せいぜい原価の四倍しかつけられません。そうすると、利益ゼロか、赤字になる。ものすごい量の本を買ってきたらまた違うかもしれませんが、うちはそんな規模の本屋じゃない。右から左に売れるものでもないし、効率を考えたら、全然仕事にならない。インターネットで付き合いのある本屋の在庫リストをチェックして、オーダーしたほうが利益は上がります。

では、なぜわざわざ海外に行くのかというと、今まで自分が知らなかった本に出会うためです。インターネットでのオーダーは、本のタイトルをリストで見てするわけだから、自分の知識の範囲内のものしか探せない。でも現地の本屋に行ってみると、僕が知らなかった本が、まだまだたくさんある。新しい見たことのない本は自分の足を運んでみないと見つけられません。これだけ便利な時代になっても、自分の知らないことに出会うためには、実際に足を運ばなければいけないのです。

昔は「いいな」と思う本を見つけたら、必ずその場で買っていましたが、今は見つけても買わないことが多くなってきました。これは本屋を続けてきて得た知恵ですが、情報さえ把握しておけば、あとで買うこともできます。売っている店の名前と連絡先だけチェックして、あとでオーダーを入れればいい。もちろんお店の人には、あとで電話しますとか、メールしますと伝えておく必要はあります。

自分がどういうものが好きで、どういうものを探しているのかということを一緒に店の人に伝えておけば、顔を覚えてもらうこともできる。顔だけ覚えてもらったら、あとからメールや電話で伝えてもわかるし、その後のコミュニケーションもとりやすくなります。そのほうが一軒にかかる時間も短くて済むし、たくさんのお店を回れる。昔は出会い頭で見つけたものはすべて買って、大変な思いをして持って帰ってきたり、自分で荷造りして送っていましたが、今は余裕が出てきたというか、ちょっと大人っぽくなってきたのかもしれません。

いずれにしても、僕にとって海外に本を探しに行くことは、いわゆる「仕入れ」とはちょっとニュアンスが違う。初々しい自分を取り戻すため、自分のなかで失われてきたものを足すため。やっぱり本との出会いとか、人とのやりとりを通じて、色々なことを感じたいですから。そういう経験はもちろん本屋の仕事にも活かされるし、文章を書いたりものをつくることにも活かされていきますし。

要するに根っから「何かを探す」ということが好きなのです。

移動本屋の旅

移動本屋で地方に行くのも、僕にとってはひとつの旅です。新幹線や飛行機だと目的地への距離感がわからなくなりますが、トラックで移動すると旅の道程が実感できます。距離感がリアルだということは、醍醐味《だいごみ》というか、楽しみにつながります。道中だけでも、面白いことがたくさんありますし。

もちろん目的地でも楽しみはあります。自分がつくった店、自分が表現したものをそのまま持っていけるというのは、本当に面白い。自分でも画期的だと思います。

お客さんにとっても、東京にあるものがそのまま自分のところに来てくれるというのは楽しいと思います。その面白さや楽しさを一緒に共有できる喜びがある。なかにはトラックが走っているところを見て、それに感動したという人もいます。本当に走って来たんだって。動いている姿がね、なんかいいみたいです。

最初から狙《ねら》っていたわけではないですが、移動本屋という方法は、やっている側と受け取る側の思いがうまく成立しているのかなと思います。別に特別な本が置いてあるわけではありません。たまにあるときもあるけれど、ほとんどの場合は普通の本しかないですよ。最近はお客さんの間でも、珍しい本が置いてあるかどうかということは、どうでもよくなってきているんだなと思います。僕もマニアックな本ばかりを扱って商売していこうとは考えていません。スペシャルな本に関しては、今までのようにそれをすごく好きな人に直接営業すればいいだけのことであって、移動本屋はちょっと他の店と違う品揃《しなぞろ》えがあって、お客さんとその一冊が出会える場所であればいい。

月一回行くと、毎回二百人くらいの人が来てくれます。どんなお客さんが来てくれるのかなって思うと、いつもドキドキします。みんな本を見に来るのですが、そこに集まる人達同士の関係も広がりはじめているみたいです。それがうれしい。移動本屋が来たことがきっかけになって、普段会うことがないお客さん同士も会ったりする。同じようなものが好きな人達が集まるきっかけになっていると思うと、すごくうれしいです。自分が何かの役に立っているという気がすると、さらにがんばろうと思えます。続けていくのはなかなか大変ですけど、がんばらなくてはと。

僕の手伝いをしたいと言ってくれる人もいますが、自分のことで手一杯で、まだ人のことまで面倒を見きれないというところがあります。そういう人がいるってことはうれしいし、僕がやっていることで、何か教えられたらと思うけれど、まだ自分に余裕がない。だったら直接教えなくても、目で見て覚えろってスタンスもとれるかもしれませんが、そういう考えはあまり好きじゃない。師弟関係と言うほど大袈裟《おおげさ》なものではありませんが、何かを教えられるような関係が生まれるとするなら、きちんと教えられる自信が持てるようになってからかなと思います。それよりも今は、お客さんとして来てもらって、こういうこともできるんだと思ってもらえればいいなと考えています。

いつかエムカンの「客」になりたい

何かをはじめること自体は、意外と簡単なことだと思う。僕は二トントラックでやっているけど、軽トラックでだってできる。月に一度どこかの場所に行って、人が集まる場をつくれる可能性は、どんな人にもあるんだということをわかってもらいたい。次世代の人達が、また違う新しい方法を生み出してくれたらうれしいと思います。古着屋でも中古レコード屋でも、自分がやりたいと思うことをなんでもやってほしい。自分が好きなときに好きなところに行って、路上で商売をする。それを支持してくれる人は必ずいるはずだから。

僕がやっていることは弱者の発想なんです。でも、僕だけじゃなくて世のなかの人のほとんどが弱者だと思います。今の世のなかの仕組は、強い人のための仕組かもしれないけど、僕は学歴もないし、コンプレックスも持っているし、すごく不安定で……だからこそ弱者の発想で物事を考えて、世のなかとのつながりを持ちたいと思っています。

仮にこれから、僕がもっと大きな力を持って、高い地位に立ったとしても、それだけは忘れちゃいけないと思う。強くならないといけないとか、もっと上にいったほうがいいという考え方が世のなかには蔓延《まんえん》しているけれど、僕は弱い人がどうやったら幸せになれるのかを考えて、そこからはじめたい。何も持っていなくても、何かはじめられるはずだと思う。世間一般でまかり通っている常識に縛られないで、今の自分にできることからはじめればいいんだってことを、僕がやっていることから感じてもらえればと思います。

今までは玄人の世界だった古本という分野で、若い人に対して楽しみを伝えられたという自負はあるんです。僕一人がやっていることなんてたかが知れていますけど、神保町に行けばこんな楽しみ方があるとか、ヴィジュアルブックでこんな素敵なものがあるとか。雑貨を探すような感覚で本を探したり、絵本やヴィジュアルブックをディスプレイに使ったり、レコード屋で古本を扱ったり……という動きは、実際に根づいていますから。古本の世界も少しずつ変わってきたのかなと思います。古本市に行ってもたくさん若い人が来ていますし。

結局、エムカンというのは、店の名前というより、ひとつの方法かもしれません。古本というジャンルのなかで、かわいい絵本やヴィジュアルブックを見つけて、マニアックな古本好きのおじさんだけを対象にするのではなく、若い男の子、女の子、おしゃれに敏感な人に向けてセレクトする。そのやり方のこと。だから若い人も真似《まね》できるし、古着屋とか中古レコード屋をやるのと同じような感覚で、古本屋をやる人がどんどん出てきてくれるとうれしいです。僕よりいいセレクトをする若い人達って、たくさんいると思います。彼らが自分のセンスで選んだ、その人ならではのセレクトを見てみたい。僕は、自分が本屋をやっている以上、自分の店の客になれませんが、そういう人達が増えてくれたら、今度は僕が客になりたい。誰かがやっているエムカンの客になれたら楽しいと思います。

自分がはじめたことが若い人達にいいかたちで影響を与えて、彼らの手によって受け継がれていくこと、それが、自分が一生懸命仕事をやったことに対するご褒美なのかもしれません。思い返すと自分もそうでした。例えば植草甚一《うえくさじんいち》さんが書いていたものなどは、僕の血となり肉となりましたから。

現時点での仕事の話をすると、やっぱり自分の手が届く範囲で、それ以上大きくしようとは思っていません。人を増やして組織にしたほうがいいのかもしれないけど、それは僕にとっての目標ではない。この先はわからないし、もう少し経《た》ったら違う状態になるのかもしれませんが、今の身の丈で考えると、まだまだ「松浦弥太郎商店」です。だから僕もなるべく自分の店にいるようにしたいと思っています。もしこのまま店を拡大して、組織化していけば、僕が店にいなくてもよくなるかもしれない。でも、エムカンがマニュアル化して、誰が店に立っていても同じだと思われるようになったりすれば、そっちのほうがよっぽど恐いですね。今はできるだけ小規模でやっていきたい。できればそれで、ずっと続けていきたい。もちろん内容が今のままでは面白くないから、もっと店の質を高める方法も模索しなくちゃいけませんが。

新しい店「カウブックス」でも、お客さんが来てくれたとき、僕がいないという状態にはしたくないし、お客さんに「まさか松浦さんがいるはずがない」と思われたくない。ずっと店にいるのは難しいけれど、なるべくいるようにしたい。当たり前のことかもしれないけれど、当たり前のことをきちんとしたい。お客さんとコミュニケーションをとりたいし、楽しんでもらいたい。別に、僕が店にいてもお客さんがほめてくれるわけじゃないけれど、どういう人が店に来てくれてるのか、どういう人が支持してくれているのか、ちゃんと自分の目で見て、感じたい。僕も人と会うことで元気をもらえますし、一方通行じゃない、一対一の関係をたくさんつくりたいと思う。

小さなお店から何かが生まれる……そんな希望ってある。パンクカルチャーが小さな店から生まれたような、そんなことをどこかで夢見ているのです。何が生まれるかは結果論だからわかりませんが、何かが生まれてそこからまた何かが派生していくような状況はつくれると思う。

最初に店をはじめた頃から、僕には十年経っても人の心に残る何かになりたいという目標がありました。「こんな店があったね」というくらいでいいけれど、そうやって人の心に残れば、はじめたことの意味を感じることができる。そして、「こんな自由なやり方もあるんだ」って、僕がやっていたことを見ていてくれた誰かが新しい何かをはじめてくれたらうれしい。そういうことでつながっていきたい。自分がすべてのオリジナルである必要はないし、そんなことはあり得ないと思います。僕がやっていることも、今までに影響を受けた人への感謝の気持ちやオマージュなのです。

「はじめること」と「やめること」

エムカンをはじめたときに、社会との関わりのひとつとして、ボランティアもやっていきたいと思いました。本に関わる仕事をしている以上、本に関わることで社会に何か還元できればと。それで、絵本や子供用の本を集めて、児童福祉施設に寄付することをはじめました。今でも細々と続けていますが、最初に児童福祉施設にこういうことをやりたいと思っていると伝えたら、まず言われたのが「量は少なくてもいいから、なるべく続けてください」ということでした。

児童福祉施設にいる子供達は、だいたいが大人の勝手な理由でそこに入ることになったわけです。ボランティアで本を送るということも、子供達にとっては「大人の理由」で第三者が関わってくることなのです。それが大人の勝手な都合で中途半端に終わってしまうと、子供達は「やっぱり大人は信じられない」と思ってしまう。そのことを児童福祉施設の方に教えられたとき、なるほどなと思いました。何かをはじめるのは簡単。それと同じように、何かをやめることも簡単。でもそれで、関わった相手が傷つくこともある。だから、子供達に本を送ることも、無理のないかたちで続けています。

移動本屋に関しても、お客さんがどういうふうに思っているかは別にして、ずっと続けていこうと思っています。はじめたときは自分のなかで色々と盛り上がっているから、当然楽しい。でも、楽しくなくなったり、大変になったときに簡単にやめてしまったら、お客さん達に対してすごく自分勝手なことをしていることになる。かといって責任感だけで続けるのもおかしいし、続けること自体が目的になってしまうのもおかしい。子供達に本を届けることを通して、そういうふうに感じました。地方に行くのが半年に一度になったり、規模は小さくなったりするかもしれないけど、続けていこうと。本当に続けられなくなったときは仕方がないですが、できる限りのことをしようと思っています。

もちろん、自分の気持ちに嘘をつかずに、強い意志を持って続けていくには、大変な努力が必要だと思います。経済的な理由よりも、気持ちの問題のほうがきっと大きいでしょうね。最終的にいちばん大事なのは、個人としてどれだけふんばれるか、ということだと思います。逆に言えば、個人でやっている場合は、続けていきたいという気持ちの部分を大切にしていたら続けられると思う。会社や組織のなかにいたら、そうはいかないでしょうけど。誰かのせいにして逃げることはできなくても、自分の気持ちには正直にやっていくことができる。それが「自由」ということなのかもしれません。

書くこととつくること

「BOOK BLESS YOU」

今まで手掛けた仕事のなかで、満足したものはひとつもありません。これが自信作と言えるものもないかもしれない。やっているときは必死ですが、終わってみるとああすればよかった、こうすればよかったと反省することばかり。それを次の仕事に活《い》かすという繰り返しです。

一生懸命やることは当たり前で、一生懸命は評価の対象にならない。一生懸命だったかどうかというのは、自分が勝手に考えることで、クライアントや一緒に仕事する人には関係ないことだと思う。仕事ですから、やはり結果を出すことが求められます。ひとつの仕事が終わったときに、冷静になってでき上がったものを見直してみることが必要。終わった仕事をもう一度思い返すのは、楽しい作業ではありませんが、良かったところと悪かったところをきちんと反省しないと、次にまた同じところで失敗してしまう可能性がある。僕はフリーだから、ひとつ失敗したら次がないという意識で仕事をしています。そう思っていても上手《うま》くいかないのは、仕事の面白いところでもあり、辛《つら》いところでもあります。

　文章を書く仕事に関して言えば、最初の雑誌連載は『GINZA』の「BOOK　BLESS　YOU」でした。これは今でも（二〇〇三年現在）書き続けていて、もう六十回にもなります。ちょうど五年くらい。この連載では、毎回一冊の本を取り上げていますが、自分がいちばん得意としている、本の楽しみ方を書いているだけに緊張感があります。最初の頃《ころ》は、自分が書いた原稿を担当編集者にどんなジャッジをされるのか、「次で終わりにしましょう」なんて言われないかどうか、とにかく緊張していました。

　その後増えてきた書評的な仕事についても、基本的には自分が良いと思う本を紹介したいので、毎回自分で本屋を歩きまわって取り上げる本を探しています。一軒の本屋を何時間もウロウロするから、不審な客だと思われているかもしれません。あっちに行ったり、こっちに行ったりしながら立ち読みしています。毎回心に留まった本を読んで、その本からどんなことを感じ、どんな思いが浮かんだのかを素直に書こうと思っています。

　でも、どうしても書くことに困ってしまうことはあります。すべての本に自分の感情がわくとは限りません。やめたいとまではいかないけれど、もちろん飽きることもありますし、自分の感情を文章にしていく場合、ネタがあってもネタに対する感情が見つからないと書けない。面白くていい本だからこの本のことを書きたいけれど、「良い」というだけでは何も書けない。そこをどうやって書いていくか、いつも悪戦苦闘しています。

それでもこれだけ長く続けられたのは、担当の編集者の方に書く気持ちを高めてもらえたからです。僕だけで書いているのではなく、一緒にやってきたという感じです。「BOOK　BLESS　YOU」では、この五年の間に担当の方が三人変わりましたが、みんなとてもいい人で、僕をリードしてくれました。電話とメールで原稿をやりとりするのではなく、毎回会って打ち合わせをしているから、前回の感想とかも伝えてもらえるし、励みにもなります。ほめられるとやる気になりますから。

本の受け渡しもアシスタントの人がいるからお願いできると思いますが、ちゃんとみんな来てくれますし。うまくコントロールしてもらっていると思います。それと以前、椎名誠《しいなまこと》さんがコラムで「連載は毎回面白かったらダメなんだ」と書いていたことがあって、その文章を読んだときにちょっと気が楽になりました。三度に一度面白いものが書けたらいい、毎回面白くなくていいんだと。だからといって手を抜くことはできませんが。

そうやって五年も続けてこられた「BOOK　BLESS　YOU」はとても大切な連載です。書くことは僕にとっては、永遠のテーマ、というか長期的な取り組みのひとつ。読む人はどう感じているかはわかりませんが、書いても書いても上手に書けないんです。だからこそ飽きずに、常に新鮮でいられるのです。書かせてもらえる場所があるというのは、本当に感謝です。発表の場がなくて、自分のためだけに書き続けていくのは難しいですから。やっぱり伝えたい相手がいてこそ書けるものだと思います。

坪田譲治と壺井栄

僕が文章を書くときに、お手本にしているのは坪田譲治《つぼたじようじ》と壺井栄《つぼいさかえ》です。坪田譲治は日本の昔話を継承している人で、地方に行ってそこに伝わる昔話をお年寄りから聞いて、自分なりに書くことをライフワークとして続けていた人です。いわゆる民俗学系の人です。彼は少しエッセイなども書いていましたが、彼の作品はほとんどが童話です。小さな物語で、イソップ物語の日本版みたいなものです。

壺井栄は代表作が『二十四の瞳《ひとみ》』ですが、エッセイも書いていて、生活のなかで感じた色々なこと、まさに身辺雑記を書いています。それが僕はすごく好きです。人間って生きていると色々なことがあって、誰《だれ》にでもいいこともあるし悪いこともある。美しいところもあるし、醜いところもある。壺井栄はそのすべてをきちんと受け入れて、見つめて、文章にしている。エッセイを書いていると、自分の物差しのようなものに合わせて、ちょっと偏り気味になってしまうんですけど、壺井栄の文章は違う。

彼女のエッセイの多くは、生活のすったもんだだったり、男女関係であったりと、人間のいちばん弱い部分をテーマにしていますが、文章が清いというか、清潔感があります。そこが憧《あこが》れる部分です。僕もやっぱり文章には清潔感が必要だと思っています。書こうと思っていることによって、荒れてみたりするという方法もあるかもしれませんが、どんなことに対しても同じ眼差《まなざ》しを保って書き続けられるというのは素晴らしいと思います。冷たい視線という意味ではなくて、僕もできるだけ平常心で出来事を見つめられるような自分でありたいと思っています。それを書いて人に伝えるときも、できるだけ清潔感のある言葉を選んで文章を書いていきたい。

話すように書く

　今の僕は、文章について人にああすれば、こうすればと言える立場ではありませんが、文章を書こうと志している人にほんの少し言えるのは、文章の上手下手はあまり関係ないということです。文章のなかにどれだけ真実があるかとか、親切があるかということのほうが大切だと思う。名前は忘れてしまいましたが、とても有名な作家が「文章が上手いとダメ」という意味のことを言っていました。なぜかというと、書き手としても文章の上手さを追求するのはつまらないということらしいです。粋《いき》な人って、自分なりに着崩す。それと同じ感覚です。教科書に書かれているような、いわゆる美しい文章は、勉強して文法通り書けば誰にでも書ける。でも、いかに文法を崩して「粋」な部分を出せるかのほうが大切だと言っていて、なるほどと思いました。

　上手く書くコツは何だといつも考えるんですけど、結局、人に話すように書くことが、良いのではと思います。昨日あったことを親や子供に、恋人や友達に話すように書けばいい。三島由紀夫《みしまゆきお》の文章のように、文学の芸術性というとまた別の話になりますが、僕の範囲では、今のところそれくらいの気持ちで書いたほうが、面白いものが書けると思う。表現力はすぐに身につくようなものではないから、自分の好きな作家の文章を真似《まね》るところからはじめればいいと思います。色々な本を読んだり勉強して、蓄積していったものを徐々に自分のものにしていければいい。

僕は書くために何かを読むことはありません。あくまで本は楽しむために読むだけです。なぜかというと、僕は影響を受けやすいから、書くための参考にしようと思って読むと、そのままになってしまうのです。内田百閒《うちだひやっけん》を読んで影響を受けたら、自分の原稿も内田百閒になってしまう。僕は昔から普通の人よりも吸収することや、覚えるのが早いのですが、それが逆効果になってしまう。読んでいていいなと思った表現があったりしても、メモをとったりとか、そういうこともしません。なんとなく覚えておこうと思っているけど、結局そのうち忘れてしまう。でもそうやって本を読んでいたら、いいなと思っていた表現を自分でも自然に使えるようになるのではないかなと思います。

書き出す前の「二日間」

だいたい自分が思ったことや感じたことを中心に文章を書きますが、そういった心の内側を書くのはとても大変です。書くことが思いつかないことは多々あります。例えば原稿の締切りの二日くらい前から、まず心の準備をはじめるのです。急に思い立っても、絶対に書けないからです。自分で感情を意識的に書くことに向かわせて、さあ書こうと思って机の前に座ったとき、それがピークになっていれば理想的。だからその期間は、あまり人にも会いません。自分の気持ちが波立っていると書けないから、できるだけ人に会わないで、余計なところにも行かないで、なんとなく書く世界に自分をもっていきます。

二十四時間ずっと、これから書く文章のことを考えています、寝ているときもずっと。じっと座って考えるのではなく、考えながら日常を送るのです。恋愛のように誰かのことを思い続けているような感覚に近いかもしれません。気晴らしに散歩したり、街に出かけることも、たまにはあります。書こうと思っていることを頭のなかで発酵させていくような感じです。机の前に座ったときには、頭が一杯でもう書くしかない状態になっている。あとは手を動かして、考えていたことを書くだけ。そういう状態にもっていければいちばんいいですね。でも、これがいつも上手くいくとは限らない。やっぱり途中で嫌なことがあったり、他に気が散ってしまうこともあるから。そうするともう一度リセットして、やり直さないといけなくなります。

ずっと考えていると、あるとき言葉や風景が頭のなかに浮かび上がってきます。諦《あきら》めなければ必ず言葉が出てきます。だからずっと思い続けるのです。最初は「何を書こう、何がいいのかな」という言葉がグルグル巡っている感じです。考えている間に自分の記憶の引き出しを開けて、そのなかから「書くこと」を見つけてくるみたいな感覚です。

編集者とのやりとり

日記だったら何を書いてもいいけれど、仕事として書くわけだから、季節感や世のなかの流れを見ながら書くことを決めたりもします。テーマを決めるのはとても大事なことです。どれだけ自分を表現できるかということは、書くテーマで決まるのですから。あとはどのような雑誌に書いている原稿なのか、それぞれ媒体の特色も考えなくてはいけません。内容がその媒体にとって相応《ふさわ》しいか相応しくないか。その雑誌の読者が好むテーマを選ぶことも大切です。あまりフィットしすぎてもつまらないですから、読者に近寄ったり離れたりの繰り返しです。連載だと「前回はかなりみんなに近いところの話を書いたから、今回は少し離れてみようかな」とか。読む人に飽きられないように、そして自分も飽きてしまわないように、そういうバランスはとるようにしています。ときどき人から「あの原稿はよかった」と言われたりすると、すごくうれしい。僕の書いたものを覚えてくれている人がいると思うと、今までどれだけのものを書き残してきたのかなと身が引き締まる思いがしますし、励みにもなります。

確かに読者の反応は気になりますが、感想が僕のところに送られてくることは、ほとんどありません。そんななかでいかに僕を不安な気持ちにさせずに書かせるかというところが、編集者の腕の見せどころだと思います。そういう意味でメールは便利すぎてしまって、あまりよくないと思います。原稿の依頼がメールで来て、僕は原稿をメールで送って、それでまた来月……みたいなやりとりだけだと、自分が必要とされているということが感じられなくなってしまう。

そうなると続けられない。僕も人間だから、人からほめられたいし、自分が文章を書く意味が欲しい。きっとたくさんの人が僕の原稿を読んでくれているとは思いますが、基本的には担当してくれている編集者のために書いていると言っても過言ではないのです。いちばん最初に読んでくれる読者だし、僕に直接感想を言ってくれるのもその人なのですから。見えない相手に対して手紙は書けないのと一緒です。だから原稿を書く前の打ち合わせも必要だと思います。毎回打ち合わせして、次はこんなことを書いてほしいとか、僕はこんなことを書こうと思っているとか、顔を合わせて話し合いながら、決めていければ理想的です。なんでもいいです、好きなことを書いてくださいと言われるのがいちばん辛い。読んでもらって、意見を言ってもらったり、直すべきところを指摘してもらいたいのです。

フリーで仕事をしていると不安だらけだから、何もかも自分で決めてやるというのは辛くなってきます。何でもやりたいようにやるというのは喜ぶべき自由ではありません。もちろん書くのは僕だから、最終責任は僕にあることは自覚しています。

今までに会得した「書くコツ」

毎回書くためのテンションを保つには、やっぱり正しい生活。絶対に規則正しい生活しかないと思います。ちゃんと睡眠をとって、美味《おい》しいものを食べて、適度に遊んで。人によってリズムはあると思うから、毎晩早く寝なさいというわけではないですけど、規則正しい生活は必要だと思います。体調が維持できて、はじめて精神的な部分もコントロールできるのです。

また、僕は自分のためだけに文章を書くことはできない。必ず誰かに向けて書いています。本人にも言わないし、誰にも言いませんが、自分のなかではこの原稿はこの人に向けて、という思いが必ずあります。そのほうが気持ちが入るし、自分のなかで書く必要性というか、意味づけができる。僕にとって書くことは、感謝の気持ち。直接的ではないけれど、自分に元気をくれた人へのお返しのようなものです。疑似恋愛に近いような感覚です。でも、それくらい思わないと文章って書けない。自分の内面を書くわけだから。連載だったら毎月誰かにラブレターを書いているようなものです。ラブレターだから相手がいないと書けません。ですから、毎回今回はこの人へと決めて書いています。

これは今まで文章を書いてきて会得したことですが、ひとつの文章にはひとつのテーマだけを書くようにしています。ひとつの出来事に対して自分がいくつか伝えたいことを思いついた場合でも、すべてを書こうとはしません。伝えられることはひとつ。伝えたいことを欲張ってはいけない。「りんごが美味しかった」。それだけでいい。「りんごもみかんも美味しかった」と言いたくても、りんごのことだけで止めておく。そのほうが自分の気持ちを上手く表現することができると思います。昔はたくさんのテーマを詰め込もうとしていましたけど、結局、文章が支離滅裂になってしまう。たとえ長い文章でも、自分の気持ちをひとつに絞り込んだほうが、言いたいことを明確に書くことができるのです。

そして、できるだけ時間をかけないこと。時間をかけたらダメです。僕は千二百字くらいの原稿を書くことが多いのですが、それくらいの文字数だったら、だいたい一時間くらいで書きます。だから、それまでにいかに自分の気持ちを高めていくかが大事になってくる。上手に書こうと思ったらもっと時間がかかってしまうが、下手でいいやという気持ちで書いていますから。書くことに時間をかけるとせっかく時間をかけて温めていたイメージが出せなくなります。一気に書き終えてしまって、そこで一度離れるんです。散歩に出かけたり、一日おいたりして。それでもう一度読んでみて、ちょこちょこって直して、それででき上がりです。

そして、僕の場合、原稿は一ヶ月に何十本も書けない。自分の心の内側を書いているので、書くために数日かけて気持ちを集中する必要があります。それがずっと続くと精神的に疲れてしまう。そうなってしまったら、何のためにやっているのかわからなくなってしまいます。量産できる人もいるのかもしれませんが、僕の場合は原稿をある程度の数に限定しておかないと続かないと思います。

「自分のこと」を書く覚悟

今までの自分に起きた出来事やそのときの気持ちを独白的に書くことが、とても辛くなることもあります。既に過ぎ去ってしまった出来事は、今の自分にとってはひとつの点でしかありませんが、書くことで自分がそこに戻ってしまうから、書き終わってからもしばらくの間落ち込んだりすることもあります。自分が封印していたことまで思い出してしまうと、感情がその頃の自分の気持ちに流れていってしまうのです。自分の心の内側を書き続けていくのは大変です。割り切って書くか、もしくは小説的に書く方法もあると思いますが、それは次のステップだと思います。今はまだ、自分の胸のなかで秘密にしていたことを公に書くことに対してどこまで耐えられるか、試しているようなところもある。僕が書いたことで周りの人を傷つけることもあるかもしれない。それに対してどれだけ自分が対処できるかということだと思うのです。

僕が書いたものを読んで、家族はどう思うんだろうと時々考えます。僕は家にいたら普通の夫であり、父親ですが、文章を書くときは家族とかを抜きにしたひとりの男になります。その文章のなかには、家族が知らない思い出も書かれています。逆に言えば、僕の書いたものを毎回読んでくれている人がいたとしたら、家族よりも僕のことを知っているかもしれない。でも、表現者の道を選んでしまった以上、それは覚悟せざるを得ないと思う。

最初から意図していたわけではなくても、書いていくうちに身内さえ知らないことまで書かずにはいられないことだってある。雑誌が発売されるたびにドキドキしていて、もし親や家族がこれを読んだらどう思うだろう、早く次の号が出ないかなと思うこともある。

もちろん、だからといって家族のためだけに原稿を書くわけにはいきません。自分のことだけで考えたら僕は潔白かもしれないですが、人間の行動や気持ちって予測できないことばかりだし、間違ったこともたくさんあります。だからこそ人間の美しさがあると思う。間違いや迷いも全部含めて美しさだと思うし、自分の眼差しがそちらに向いているのであれば、それは書かざるをえないのです。そこに「本当のこと」があったら、やっぱり書きたい。自分の記憶に残っているということは、やっぱりそこに思い返すべき何かがあったはずで、その出来事があったから今の自分が存在している。だからそれに対する感謝の気持ちを、書くことで表そうとしているのです。

編集は「シンプルに、わかりやすく」

編集とは、ある情報をまとめ、整理して、ひとつのメッセージにしてわかりやすい形で伝える仕事だと思っています。今までにたくさんのカタログや雑誌などの編集に関《かか》わってきましたが、どんな仕事にも編集能力は必要と感じます。文章を書くことも、記憶や感情を整理して表現するという意味では、編集に近い作業だと思います。編集って完成型を思い描きながら、複雑なことを単純化していく作業だから、できるだけ俯瞰《ふかん》で見ることも必要です。でも書くことは何もないところから生み出さなくてはいけないから、違いはあります。とにかく伝えたいという気持ちをわかりやすい形に変えて伝える。複雑であったり、難しいことを簡単にして伝えるということが大切だと思います。できるだけシンプルに、的確に伝えるということは、モノをつくるうえでとても大切だと思います。

たくさんの人が関わったとしても、最後は編集した人のフィルターを通ってモノはでき上がります。編集の仕事って面白い。何より面白いのは、一次情報に触れられるということ。雑誌に載っている記事を読むのは、それがいくら新しいことだったとしても二次情報、三次情報ですから。僕の原稿だって、編集の人がいちばん最初の読者になるわけです。そういう醍醐味《だいごみ》はあると思います。

編集の仕事をするときに気をつけているのは、自分がいちばん気分が盛り上がった状態を、いかにそのまま形にするかということです。最も神経を集中させるのはそこです。編集は素材が命というところがありますが、素材には限りがあって、多くを求めても仕方ない。身近にある素材を使っていいモノをつくるということが大切だと思います。編集は料理と似ているかもしれませんね。素材を活かして、あまり味はつけ足さない。素材がいいに越したことはないけれど、悪いなら悪いなりにやり方はある。もちろん素材がいい場合は手を加える必要がありません。ですから編集でいちばん大切なのはやっぱり素材なんですよ。どうやっていい素材を見つけるか、集めるかが肝になると思います。

編集は僕にとって「仕事」という感覚が強いですね。仕事人として取り組むというところが大いにあります。文章を書くというのは、仕事というよりも自分を表現する作業ですから、そこにビジネスという感覚は、それほどわいてきません。編集の場合は、自分でアイデアを出してプレゼンテーションをして、クライアントのOKが出てから、はじめて仕事になるわけですから、取り組み方が違います。みんなとの共同作業ですし、自分の色をどう出すかというよりは、クライアントを説得したり、トラブルに対処して、いかに効率よく進行させていくかという技術が大切になる。やっぱり自分が関わっている以上、そのプロジェクトが成功してほしいと思うし、雑誌であれば少しでも部数が伸びてくれたらと思います。クライアントが僕に期待してくれているという気持ちに応《こた》えるために、こちらも惜しみなく気持ちを傾けたい。今は編集の技術は勉強中でもあるから、せめて愛情を込めて、できる限りいいものをつくろうと。愛情を返されてもクライアントは困ると思いますけど。

編集での最初の仕事は、「ラフォーレ」のフリーペーパーでした。三十歳の頃です。僕はそれまで編集の仕事をしていたわけでもなく、勉強をしてきたわけでもなかったから、突然話がきたときはびっくりしました。どうしてそんなオファーがきたのか未《いま》だにわかりませんが、とにかくフリーペーパーを一年間に四冊つくることになったのです。それまでにたくさんの雑誌を見てきたから理想は高かったのですが、どうやって形にしたらいいのかわからなくて、四苦八苦したのを覚えています。素材だってどうやって集めたらいいのかわからないし、撮影とかロケも本当に手探りの状態でした。

振り返ると、よくもあんな仕事ぶりでたくさんの人達が協力してくれたなと思います。おかげでいいモノがつくれたと思いますし、今思えば贅沢《ぜいたく》な仕事をさせてもらえたと思います。その後はファッションブランドのカタログをつくる仕事をいただいて、「イエナ」や「エディフィス」「ルージュヴィフ」などのシーズン・カタログなどをいくつもつくりました。毎回ベストは尽くしますが、毎回満足できないのが現状で、今でも学びながら仕事させてもらっているという気持ちが強いです。

「工夫」と「取り組む姿勢」

クリエイティヴって、わかりやすい言葉で言うと「工夫」だと思う。たとえ単純な作業でも、最も効率良く、美しく、そして楽しくやろうと考えたら、要するに大事なのは工夫です。工夫がないと物事の質は上がりません。それと何より、工夫することって楽しいこと。工夫を追求することこそクリエイティヴな姿勢だと思います。工夫をすると発見が生まれる。発見は自分だけのオリジナルにつながります。

それと、もうひとつ大切なのは取り組み方。たとえ世間ではクリエイティヴだと思われるような仕事をしていたとしても、やらされているという気持ちでやっていたら、クリエイティヴではないと思います。自分が楽しめる最良の方法を探しながら、自分から物事に取り組む姿勢を保っていることがクリエイティヴの基本です。

表現というのは、あくまでもどう取り組んだかの結果だと思う。クリエイティヴに特別な技術とか、特別なコツはない。「工夫」と「取り組む姿勢」を大切にすれば、文章を書くことも、映像をつくることも、デザインすることも、絵を描くことも、何だってできると思う。それを人が認めるかどうかは別にして、可能性は無限にありますから。

キャスティングの妙、人間関係の難

編集仕事のなかで、楽しいと思うのは、キャスティングの妙です。みんなが思いつくような組み合わせとは違う、意外な人を起用したり、素材を配置するのが好きなのです。自分のなかで、人やモノや場所のリストがなんとなくできていて、それをどこかで伝えたいという機会を狙《ねら》っているんです。様々なジャンルで活躍している、才能に溢《あふ》れた人達といい形で出会えて、仕事にもつなげられるような関係を保てているのは、神様が与えてくれた宝物だと思います。僕はある人が素晴らしいと思ったら、本当に一途に思い続けるんですよ。何かを強く思っていると相手に伝わったりすることってあるじゃないですか。その人がどんなことをしてくれるのだろう、どういうことができるのだろうと考えるのが、本当に楽しいのです。

実際に仕事に入ったら、クリエイターのケアをして、その人が才能を発揮しやすい環境を整えてあげることも大切になってきます。作家とクライアントが直接やりとりするのはよくないことも多いので、僕が間に入って両方の意見を聞きつつ、いい方向に持っていくのがいちばん苦労する点でもあります。自分がどういう位置にいればいいのか、自分がどういうふうに振る舞えばいいのか、そういうことで仕事全体のムードが決まっていったりすることが多いのです。

二ヶ月くらいかけて何かをつくっていると、色々な問題が起こります。トラブルが起きるのは当たり前という感じですね。でも、トラブル対処も仕事のオプションとして入っていると思っていますし、それで動揺することはありません。それにトラブルが起きて人間関係が深まったりすることもありますから、当たり前に受け入れています。もちろん、どんな人でも大丈夫というわけではありません。やっぱり相性があるから。相性が合わない人と仕事をするのは難しいです。クライアントとの相性は自分で選べるものではないから仕方ないですけど、一緒に仕事をするクリエイターは相性が重要だと思います。

僕はモノをつくるときに、自分自身との闘いはしたとしても、誰かとの競争はできるだけしないようにしています。力と力の闘いはすごく嫌だから、闘わないといけない状況になったら、きっと僕は身を引きます。もし誰かと闘って、勝つようなことになったとしても、得られるものって少ないと思うからです。闘うことは傷つけ合うことにしかならないし、無意味に思えるのです。「僕はこう思うから」といって、社会に対して反旗を翻すような闘いはしたくない。僕よりその仕事をやりたい人がいるのであれば、絶対にその人がやったほうがいいと思う。力で差を見せつけ合うようなことはしたくない。それだったら、百歩譲る。所詮《しょせん》は百歩。百歩くらいだったらいつでも譲ります。百歩先行かれても、相手の姿はまだ見えますから、そんな大した差はないと思います。

若い頃は無鉄砲に色々と闘っていましたけど、結局勝ってもむなしい思いをしただけです、僕も相手も。戦争ってそうじゃないですか？　勝っても負けても得るものに大した差はない。何かを犠牲にして、ボロボロになってまで仕事をしたくないのです。

では、どうして僕は仕事をしているのかと言えば、結局は自分が成長していくため。大きな壁が立ちはだかっても、何度もそれに挑戦していくことで経験を積んで、それで成長していく。成長した自分にいちばんの幸せがあると思う。死ぬまでにすごく難しい課題をひとつ克服したとしたら、もし輪廻転生《りんねてんしょう》があって次に生まれ変わったときに、そのスタートもきっと違うと思う。次はその上のランクからはじめられるような、そんな気がします。そういうことを思うと、一日一日って本当に大切だなと思います。何もしないで過ごすのも、もちろんありですが、今日一日の大切さは決して忘れたくない気持ちです。

最低で最高ということ

「最低にして最高の道」

高村光太郎の作品のなかに「最低にして最高の道」という詩があります。彼の詩のなかでも、僕はそれがいちばん好きです。思春期のときに読んで、とても救われたことを覚えています。

その頃《ころ》、「すべての科目で八十点以上取りましょう」という教育のなかにいることが、すごく辛《つら》かった。うちの両親はそれほどでもなかったですが、「落第点は許さない」「とにかく上へ上へ」という風潮が学校全体を覆っていて、そのなかで悩んでいました。学校や大人、社会に対しての懐疑心がいっぱいで、常に「本当のことって何だろう」という思いを抱き続けていました。世のなかへの疑問をストレートに大人にぶつけても、わかりやすい答えはなかなか返ってこないし、僕の問いかけに向き合ってくれる人も少なかった。そんなときに出会ったのが、高村光太郎の詩集でした。

最初のきっかけは、中学生の頃に色々と世話をしてくれた方が、本をまともに読んだことのない僕に「これは物語でもないし、簡単に読めるから」といってすすめてくれたことです。同じ頃に高村光太郎の彫刻作品を見て、すごい人だなと思っていましたから、素直に詩集も読む気になったのだと思います。

読んでみたら、僕が求めていた「本当のこと」がそこに書かれていました。今まで知りたかったことに出会えて、すごく感動しました。そして、なかでも僕に力を与えてくれたのが「最低にして最高の道」という詩でした。「最低にして最高」って、いい言葉ですよね。単に価値観を表しているわけではない。

これを読んだときに「ああ、別に最高じゃなくてもいいんだ」と思えて、すごく楽な気持ちになれました。そして、物事にはひとつの側面だけではなくて、見えないところにもうひとつの意味があるということを知りました。光があれば必ず陰があるように、どんなことにも「最高」の面だけじゃなくて「最低」の部分があって、両方がバランス良くあることがいちばん正しいことだって何となくわかった。人間が誰《だれ》しも持っている偽りの自分、弱い自分は人に見せちゃいけないし、自分でも認めちゃいけない。なんとかごまかして表に出してはいけないという考え方が間違っていると気づきました。

世のなかのことも、自分の心のなかにあることも、すべてを受け入れるというのが、最低で最高の生き方なんだとわかったのです。いいところも悪いところもある、どちらも自分なんだから、それをきちんと認めて、両方と上手《うま》く付き合っていくのが本当の生き方だと知りました。一生懸命ガチガチに自分を固めるのではなくて、裸になってしまっていいんだ、悩んだり苦しんだりすることにも普通に向き合っていけばいいんだ……そう思えるようになったことは、自分にとって大きな収穫でした。それからは「最低で最高」というのが僕の信条になったのです。

本屋としても文筆家としても、最低で最高でありたい、自分自身もそうありたい、今でもそう思っています。「あの人は真人間でいつも正しい」と思われることのほうが辛い。だから、人にも最高を求めることはなくなりましたね。どんな人でもダメな部分が最も魅力的だったりするし、ダメなところがあるからその人の深さが見えてくる。店に並べる本についても、世界で評価されているものだけを並べる必要はないと思っています。

僕が本を選ぶ基準は「最低で最高の本」。そういう本を並べるのが僕の役割。いい本だけど、見方を変えたら最低だよね、みたいな本です。完璧《かんぺき》なものは嫌。これは僕のようにドロップアウトした人間特有の価値観なのかもしれないけれど、「パーフェクトなものをつくるのが目標ではない」と思えたことが、僕にとっては色々な悩みを解決するきっかけになった。

だいたいの人が、まずダメなところや欠けている部分を探すところからはじめて、それを隠したり直したりすることで何かを完成させると思うのですが、僕はちょっとそれは違うなと思っています。反面いいところもあるかもしれないのだから、壊れた部分だけを直せばいいというわけではないと思う。そして、みんなダメなところに隠れたいい部分を見ない。いい部分のほうをさらにもっとよくしたら、ダメなところが補えたり、逆によく見えてくることもあり得ると思う。

よく言われることですが、いいところをまず誉《ほ》めて、それを伸ばしていくというところが、欧米と違って日本の教育に欠けている点だと思います。

アラ探しか、魅力探しか

編集の仕事をしていて思うのは、ある程度形になってきたときにクライアントにそれを見せると、まずみんなアラ探しをはじめるんです。それでそこを直したら、いいものができましたということになる。もちろん会社の信用にかかわるとか、機能が損なわれるということについては、僕も直さないといけないと思います。でも、僕からすれば、そんな簡単な仕事はないなと思ってしまうのです。

「ここがいいから、もっとよくしてほしい」という注文は来ない。本当は僕にとって、その注文がいちばん大変なのです。そういう意見があるということは、僕の可能性をもっと引き出そうとしてくれているわけだから喜んでやると思いますが、意外とそういう機会はない。いいところを伸ばすことで、よりいいものがつくられていくんだと信じている人が、いかに少ないかということでしょう。八十点までできていれば、それ以上は望まない。それより八十点以下の部分を減らして平らにしようという考え方……でも、それだと本当に魅力的なものはつくれない。心に残るようなものはつくれないと思うのです。

結局、見る人もつくる人も成長しない。やっぱり最低と最高のバランスが大切だと思う。パーフェクトというのはあり得ない。結果としても、存在としても「パーフェクト」というのは幻想にしか過ぎないと思うのです。

人に対して、モノに対して多くを望まない。ドライな感じではなくて、多少はダメでいいと思う。モノだって壊れるのが普通です。みんな意外とどうでもいいことに対して、一生懸命点数を上げようとしているように見えてしまいます。

本でもデザインでもアートでもそうですが、見えているものがすべてじゃないというか、見えているものはすごく小さなことで、その裏側にある大きなことをどれだけ見ようとするかが大切だと思う。パッと見たものがすべてかというと、そうじゃない。本当に最高な部分というのは簡単には見えないから、見えないものをどうやって見るかということ。そこを見ようと努力することが自分のテーマです。

高村光太郎の詩集に出会って得たものだからこそ、ダメな部分を自然に受け入れられる自分を大切にしたいと思っています。

孤独を受け入れること

二十年間近く使っていたスイスのアーミーナイフがあったんです。もう刃はボロボロになっていましたけど、旅先などでは便利なのでずっと使ってました。でも、この間、フランスに行った際、飛行機に乗るときに間違って手荷物に入れてしまって、検査でひっかかってしまったのです。職員の人に「これどうします？」って聞かれて、僕は「いらないので、処分してください」と言ってしまった。ずっと使っていて愛着があったものなので、そのナイフのことで原稿を十くらい書けそうなものなのですが、簡単に手放してしまった。きっと手放さない方法もあったと思いますが、「さよならするときがきたんだ」みたいに思ってしまって、結構さらりと失うことを受け入れてしまったのです。

僕はあまり執着ってないのです。冷たいかもしれませんが、人に対しても、モノに対してもあまりベッタリするのが好きじゃない。それは僕が、常に起こり得ることを受け入れようと考えているからかもしれません。家族とだっていつか別れてしまうかもしれないし、どんな事件が起きるかわからない。何かを失うことというのは、人生のなかで不可避なこと。そう考えると人間は、孤独であることを受け入れないと生きていけないと思うのです。

結局、人間は一人。誰でも一人で死んでいく。孤独であるということを特別なこととせず、当たり前のこととして受け入れなくてはいけない。孤独は生きていくうえでの最低条件だと認識しないと、辛いと思う。もしかしたら、失ったときの悲しみとか自分が傷つくことがすごく恐いから、そういう考え方を持つようにしているのかもしれないけれど、人間が孤独であることは事実だと思う。最終的には一人で考えて決めていかないといけないし、一人で歩いていかないといけない。だからこそ誰かと一緒にいられると思うのです。

逆に自分が死んでしまったら……とたまに考えることもあります。あと五年で死んでしまうとしたらどうだろう、悔いなく死ねるかなあ、なんて。自分の子供に求めることは、僕がいなくても生きていける人になって欲しいということ。それくらいの強さを持った人に育ってくれればと思います。

やっぱり、何でも受け入れることって大切です。拒否することは簡単ですけど、そうやっていると何も前に進まない。とりあえず一度受け入れてみることが、色々なことに対して一歩前に進むコツだと思います。例えばすごく嫌な上司がいたとして、その人のことを拒絶ばかりしていたら関係は何も前進しないでしょう? 一度その人の言っていることを受け入れて、理解できるかどうか考えてみる。そのうえで自分の意見を言わないと、相手に何も届きません。僕も仕事の打ち合わせをしていて、なんかこの人めちゃくちゃなこと言っているなと思うこともありますが、一度しっかり話を聞いて、受け入れてから考えるようにしています。もしかしてその奥には真実があるかもしれないし、どんな意図が隠されているかわかりませんから。

思い起こすと、僕はけっこう早い時期からそういう考えを持っていたようです。小さい頃に、どうして大人は僕みたいに考えないんだろう、僕みたいに考えたら物事はもっと上手くいくのに……とマセたことを思っていました。それは持って生まれたものの見方もあったでしょうが、十代後半からアメリカに一人で行っていたことで、孤独というものが何であるかがわかったのだと思います。自分の存在がまったく認められない状態を経験して、自分の無力さを痛感しましたから。もちろん周りにいた人に助けてもらったこともたくさんありましたけど、やっぱり孤独から這《は》い上がっていくことは自分の力でしかできない。誰かが手を引っ張ってくれることは絶対にない。自分自身を知ることができたのは、そういう経験があってこそだと思います。

アメリカから帰ってきてから、お金が一円もなくて、どうしようかと思ったことがありました。公園で水を飲んだりしていたら、空腹も二日くらいは耐えられますが、三日以上経《た》つと、体力的に動けなくなって、どうしようもなくなるんです。そうなったときに、ふと自分の周りを見たら、いろんなものがあった。日用品とか洋服とか。とっさに「これを売ればいいんだ」と思いました。お正月でしたが、それを鞄《かばん》に入れて高円寺《こうえんじ》の商店街に行って、即席のフリーマーケットをはじめました。若い人達がたくさん行き交っているなかで、「これいくら?」「五百円です」とやっていたら、みんな買っていく。それまではアメリカで買った雑貨とか古着を集めていて、自分のこだわりも大事にしていましたが、お腹《なか》がすいて、どうしようもなくて何でも売ってみたら、それが完売した。

どんなにこだわって大切にしていたものでも、お腹がすいたらゴミにしか見えない。生きていくには必要ないんだなと、そのとき思いました。食べられないものはダメだと。それで何かがふっ切れました。こんなガラクタいらないやと。どうせお腹がすいたら売ってしまうのだからって。それからものに執着がなくなって、随分楽になりましたね。本屋をやっていても自分で本を持たない、在庫を抱えないというのは、そういうところからきているのです。

神様と生きる意味

僕は宗教に属していないし、特別な信仰も持っていませんが、神様は信じています。僕にとって神様はいつも見ていてくれる人。何をしてくれるわけでもないんだけど、とにかくいつも見ていてくれる存在です。孤独が平気だと言いましたけど、その理由は神様が僕のことを見ていてくれると感じているからかもしれません。それが一般的に言う「神様」かどうかはわかりませんが、僕にとっての神様が存在していることは感じています。

誰も見ていないから、こんなことしてしまおうかなと思うことってありませんか？人が見ていたらやらないようなことでも、一人のときにふとやってしまったり。例えば道にゴミを捨てたりすることは、きっと誰にでもありますよね。そういう行いもそうですし、知らない街に行って泊まるところがなくて、不安な気持ちを抱えながら片隅で丸くなって寝ているときでも、ちゃんと神様は見ている。何かしてほしいという気持ちは全然なくて、どこか遠いところから見ていてくれたらそれだけでいいのです。

どうして人は生きているのかと言えば、自分を高めるため、成長するために生きていると思っています。生きていると次々と課題が生まれてきますよね。それをクリアしていくことが成長につながると思うのですが、ひとつの課題をクリアしたら、また次の課題へ取り組むためにきっかけをくれるのが神様だと思います。

辛いことやアクシデントが起きたときに、もし僕が逃げてしまったら、それを越えるまで同じような試練を投げ続けてくる。自分がちゃんと向き合って、乗り越えないことには同じような問題が起きる。それをどうにかがんばって乗り越えたら、神様はひとつくらい小さなご褒美をくれる。絶対に越えられない壁はない。越えられるから新しい事件が起きる。それが一生続く。ただ自然に成長することってないんだと思います。気を抜いてると、忘れた頃に課題はやってくる。でも不幸の手紙のようにやってくるわけじゃなくて、原因は全部自分がつくっているのです。誰のせいにもできない、やっぱり自分のせいなのです。

そういう流れを与えてくれているのが神様なのかなと思います。そして、壁を乗り越える後押しをしてくれるのが、家族だったり、友人だったりするのです。本当に今度こそダメになってしまうと思うこともありますけど、克服したいという自分の強い気持ちだったり、周りの人がかけてくれた言葉だったり、そのときどきで何か奇跡的に信じられるものが生まれてくるから、がんばれるんだと思います。その信じられるものを残しておいてくれるのが神様なのかもしれない。僕にとっての高村光太郎の詩のように。

ブラブラの効用

　僕は占いの結果は変えられると思っています。どんなに占いの結果が悪いときでも、星の並びが悪いときでも、自分の気持ちで変えられると信じています。人間って無力な存在かもしれませんが、人が「思う」力ってとても強いと思う。ポジティヴに思うことができたら、相当強い力を発揮する。ポジティヴシンキングってまんざら嘘《うそ》ではありません。悪い方向に向かっていても、ポジティヴに考えることで、いい方向に持っていけることってあると思います。バイオリズムもあるとは思いますが、それが絶対ではない。自分がいちばんリラックスできる状態や、自分らしくいられるときこそ、「最低で最高の」という言葉が当てはまる状態だろうと思います。

　何もしないでいることの大切さってあります。仕事もしないでブラブラしているのはよくないと言われますけど、ブラブラするのもありだと思います。そういう自分もあって、必死になって仕事ができたり、がむしゃらになって勉強できる自分もいる。だから「何もしていない」ということは別に恥ずかしいことではないと思います。何もしないでいたときに考えていたこととか、見ていたことが今の仕事の役に立っているのです。意味もなく街を歩きまわっていたことが仕事にとても役に立っていたりするのです。

僕は、アメ横に詳しいのです。昔、阿佐ケ谷《あさがや》から上野《うえの》まで歩いて行って、一日中アメ横でブラブラしていたことがあります。五時間くらいかけて歩くのですが、他にやることもないからいい暇つぶしになりました。歩いていると色々なものが見えてくるし、色々なことを感じられる。そんなふうに過ごしていたときがあるから、神保町にも秋葉原《あきはばら》にも詳しくなりました。それがちゃんと経験と知識になっているから、今、そういう街の原稿が書ける。もちろん不安感もたくさんあったけど、何もしない自分と向き合っていたからこそ、何かが見えてきたのです。

偉そうなことを言っていますが、今だって、その頃とあまり変わっていません。忙しいときは忙しいですが、やることがなければ「久しぶりに横浜でも行ってみるか」なんて言いながら、ブラブラしていますから。ブラブラする頻度が違うだけです。そうやって歩きながら、自分は今何をやりたいのか、どうやったら人の役に立てるのか、なんてことを考えています。

たまたま今、僕は本屋をやったり、文章を書いていますけど、三年先にそれが変わるかもしれない。今与えられていることを一生懸命やりながら、これから進むべき方向はどこだろうって考えている。とりあえず出会ったことは何でも受け入れて、自分でやってみたら、新しいことが見つかるかもしれません。拒否してしまったら何にも出会えない。けれど、「?」と思ったことも一度受け入れることで、それが自分に合っているかどうか見極めるきっかけができると思う。それが自分を広げていくことになる。

たくさん受け入れれば受け入れるほど、それだけしんどい部分もあると思います。得るものもあれば、リスクも当然ある。でもそのしんどい部分でさえ決して無駄ではない。どこかでプラスになると思います。結果として生み出されたものが偏っていてもいいと思いますが、生き方としては偏りたくない。やっぱりバランスが大切だと思うのです。

スタンダードと新しいこと

『ライフ』

僕が最初に本屋をはじめたときは、洋書のヴィジュアルブックとオールドマガジンを専門に扱っていました。そういう商品を扱うために、どういう勉強をしたのか、どんなものから影響を受けたのかということを、思い出してみようと思います。

まず写真について、最も参考にしたのは『ライフ』でした。『ライフ』の創刊は一九三六年。創刊号の表紙を飾ったのは、有名な女流写真家マーガレット・バーク＝ホワイトが撮ったダムの写真です。当時はテレビもなくて、ラジオもほとんど普及していなかった時代。メディアの中心を担っていたのは、新聞や雑誌の活字メディア。そんななか、世界中で何がどのように起きているのか写真で伝えることを、世界ではじめて試みたのが『ライフ』でした。

文章で何かを説明しようとするのではなくて、写真で表現しようとしたのです。ページを開けば、生に近い感覚で事件が伝わってくる。そんな方針のもとにつくられた雑誌でした。それまで写真というものは、単なる記録のための道具。記念写真だったり、建物の写真しかなかったのですが、『ライフ』は人々が生活しているところに踏み込んで、日々のドキュメンタリーを写真に収めていきました。『ライフ』に写真を買ってもらうために、名高い写真家が世界中を飛び回っていました。『ライフ』側が、使う使わないは別として、写真家を育てるために彼らの写真を高額で買っていたといいます。

この雑誌をいちばんじっくり見たのは、アメリカにいるときです。古い『ライフ』は安いんですよ。いくらでも売っているし、いくらでも手に入る。道端に「あなたの誕生日の『ライフ』を探します」という看板が出ていて、自分の誕生日を伝えると探してくれるというような売り方もしていたので、気軽に手にとることができました。

僕はフォトエッセイとかフォトジャーナリズムという手法があることを、この雑誌からはじめて学びました。理屈で学んだのではなく、すべて現物を見ながら勉強していきました。文章がなくても、紙芝居のように写真が並ぶことで、今、何が起きつつあるのかということが、どれだけリアルに伝わるのかということを知りました。こういったフォトエッセイを最初にはじめたユージン・スミスなど、今では巨匠と呼ばれる写真家達が一記者としてつくった記事に触れることで、僕は写真の美しさ、意味、可能性を学びました。

『ライフ』は第二次世界大戦中もずっと刊行されていて、戦争とはどういうものなのか、生々しく伝えていました。アメリカを代表する雑誌ですから、多少はアメリカ寄りの報道ですが、僕が感じた限りでは比較的中立的な立場に立って、バランスのとれた報道をしていたと思います。事件報道だけではなく、ファッションやカルチャーというような風俗も扱っていたので、その時代の空気、真実の姿を写真で見せることについては、圧倒的に優れていた雑誌だったと思います。一九五〇年代以降はテレビが普及して、映像によるニュースが当たり前になったので、人々は『ライフ』から離れていきましたが、それ以降に掲載された写真からも相変わらず力強さは感じられました。『ライフ』から生まれた素晴らしい作品や巣立っていった写真家が本当に多かったのは事実ですし、僕はだからこそ、この雑誌から多くのことを学べたのです。

『ライフ』から学んだことは、僕の写真の見方のベースになっています。今でもいちばん好きな雑誌を聞かれたら、『ライフ』と答えるでしょう。今も続いている雑誌であれば『ナショナル・ジオグラフィック』。写真の力を知っていて、真実を伝えるためにその力を存分に発揮している雑誌が好きです。写真に力があるから、デザインにはそんなに意味がなくなってしまう。写真自体がデザインになっている。なんせタイトルが『ライフ』ですからね。地球上で生きているものの姿をそのままドキュメントしているわけだから、それに優るものはないですよね。『ライフ』は僕にとって教科書のような存在です。本当に偉大な雑誌で、ここから学べることは全て学ぼうと思っていました。

『ハーパースバザー』と『ヴォーグ』

エディトリアルデザインやグラフィックについては、『ハーパースバザー』から学んだことが多かった。『ハーパースバザー』は歴史が長くて、一八〇〇年代末から刊行され、一九三五年にアレクシー・ブロドヴィッチがアートディレクションとデザインに加わって、大きくイメージを変えました。それまではエルテというファッションイラストレーターが、ほとんどの表紙を手掛けていました。アールデコの時代を象徴していて良いものでしたが、ブロドヴィッチになってから革新的に変わりました。

ロシア出身で、ロシアンアヴァンギャルドの継承者だった彼は、ロシアからフランスに渡ってパリで少し活躍しますが、その才能を見出《みいだ》されて『ハーパースバザー』のアートディレクターに起用され、アメリカに渡ります。同じようにロシアンアヴァンギャルドの時代をブロドヴィッチとともに生きた人で、アレキサンダー・リバーマンというアートディレクターがいますが、彼は皮肉なことにライバル誌の『ヴォーグ』を手掛けることになります。

ブロドヴィッチは一九六〇年代後期まで『ハーパースバザー』を手掛けます。雑誌なのに見開きごとに完成された美しさがありました。雑誌にもデザインがあるんだということを知ったのは、この頃の『ハーパースバザー』からでした。特に五〇年代、全盛期のブロドヴィッチの活躍はどんな写真家もスタイリストも歯が立たないくらい影響力があったと思います。歯が立たないというよりも、彼がすべて決めていたと思います。無名の写真家やスタイリストを発見し、彼らをどんどん起用していましたから。

例えば写真家のリチャード・アヴェドンもロバート・フランクも、彼が発見しています。いわゆるファッション写真家ではなく、ドキュメンタリーを撮っている写真家にファッションを撮らせたりする。ファッション写真を撮っていない人には無理だという意見もありましたが、ブロドヴィッチは「彼らは毎日ストリートでギャングの写真を撮ったりしているんだから、モデルの一人や二人撮れないはずはない」という言葉を残しています。彼なりの工夫や発見が、いつも誌面で繰り返されていたのでしょう。そういう視点が今の僕にすごく影響を与えているんじゃないかなと思います。

『ハーパースバザー』はファッションだけじゃなく、カルチャー全般も取り上げていたので、ヨーロッパの才能をアメリカに紹介する役割も果たしていました。ピカソやマチスの才能をアメリカに伝えたのも『ハーパースバザー』です。アメリカの新しい才能も同じで、アンディ・ウォーホルもそうですが、登場してくる写真家やイラストレーター、アーティストがみんな素晴らしい。とにかく『ハーパースバザー』に載っている人が気になって、あとで調べてみることが多かったです。

彼が『ハーパースバザー』で成し遂げたことは、僕にとってすべて新鮮で刺激的に映りました。ブロドヴィッチが退いたあとの『ハーパースバザー』や、その他の雑誌に与えた影響は果てしないと思います。やっぱり今、改めて見直してみても、ブロドヴィッチの『ハーパースバザー』はすごいと思います。この雑誌を見るまでは、ファッションとアートの世界は別のものだと思っていましたが、ファッション雑誌もアートの域に持っていけるのだと知りました。五〇年代の『ハーパースバザー』が果たした役割は、エディトリアルデザインがアートの世界でも永久的に残っていける可能性を示したことだと思います。僕にとっては宝の山、学ぶべきところがあまりにも多すぎる雑誌です。

アレキサンダー・リバーマンが手掛けていた『ヴォーグ』は、アート寄りでアヴァンギャルドだった『ハーパースバザー』と違って、エレガントでより美しいものを追求した雑誌でした。リバーマンにはリバーマンのスタイルがあって、雑誌におけるエレガンスを長年にわたって提案し続けていきました。リバーマンのほうがブロドヴィッチより長く、八〇年代まで仕事を続けました。

写真家で言えば、『ハーパースバザー』にはアヴェドン、『ヴォーグ』にはアーヴィング・ペンがいて、両者が意識し合ってどちらも新しいものを表現していったのです。マネキンに着せてしまえば服は同じかもしれませんが、ブロドヴィッチとリバーマンのディレクションがあり、さらに写真家の技術があって、お互いに違いを見せていたのです。二人ともそれぞれがロシアンアヴァンギャルドの継承者といわれて、それを新しいデザインやディレクションで開花させたという意味では、同じように評価されるべき人だと思います。

僕はモードをファッションという視点で見ていないから詳しくはわかりませんが、洋服を美しく見せる方法とか、ファッション表現の可能性は五〇年代の『ヴォーグ』で学びました。いずれにせよ、『ハーパースバザー』と『ヴォーグ』、このふたつの雑誌から学んだことは本当に大きかったと思います。

僕の三大オールドマガジン

僕がニューヨークにいたときは、ヨーロッパの雑誌も現物で見ることができたので、ずいぶん勉強になりました。ニューヨークは世界中の人が暮らしている街なので、雑誌も色々な種類のものを見ることができるのです。例えば『ミノトール』というフランスの雑誌。これはオールドマガジンのなかでも、いちばん希少価値が高いといわれていました。三〇年代に前衛といわれたシュールレアリストの作家が集まってつくった雑誌で、十五号くらいしか出版されていません。昔「ミノトール展」という展覧会が開催されたくらい、内容が充実した雑誌ですが、それもニューヨークで見つけました。アンドレ・ブルトンも教科書ではなく、古本屋で知ったのです。英語が読めないので、名前と作品を知っただけですが、気になった名前は覚えておいて、あとで日本語訳の本で読むようにしていました。

そのようにしてキーワードはいつも古本屋で見つけていたのです。それとカルチャーとファッションの雑誌『フレア』。これは五〇年代のアメリカで莫大なお金をかけてつくられた雑誌で、穴があいていたりとか、色々な仕掛けがしてあるのです。一年間くらいしか続かなかった雑誌ですが、十年くらい前にオムニバスが出版されたほど高い評価を得ていました。『ポートレイト』はブロドヴィッチがほぼ自費で出版したという雑誌です。ブロドヴィッチが『ハーパースバザー』でできなかったことを全部やってしまったというグラフィックマガジン。出版社がついて四号出ましたが、広告がひとつも入っていません。

『ミノトール』と『フレア』と『ポートレイト』、これが僕のなかでの三大オールドマガジンです。何が書かれているのか、文章を読むことはできないけれど、図版や目次を見ながら、自分のアンテナにひっかかる作品と作家をそこから探していきました。僕にとってはファインアートを見るのと同じくらい、雑誌が多くのことを教えてくれたのです。それが今でも変わらない自分のスタンダード。きっと今の僕の仕事にも繋《つな》がっていると思います。こんな見せ方もあるとか、クリエイティヴの工夫と発見のためのストックになっていると思います。

オールドマガジンから得られるもの

現代のファッションデザイナーやグラフィックデザイナー、写真家達もみんなそれぞれ過去の素晴らしいオールドマガジンをリスペクトしていて、自分なりに消化したうえで、新しいものとして表現しています。それらの素材に影響されたことを隠さないで公言しています。アイデアを盗むという考え方ではなく、それが最大の感謝の気持ちの表れなのです。例えばアメリカでは「五〇年代の『ハーパースバザー』が一冊あれば一年間仕事ができる」と言われているくらい評価されています。

日本でもデザイン業界の人達はオールドマガジンを集めていましたが、まだ一般の人達には届くレベルではありませんでした。その素晴らしさを、声を大にして言う人もほとんどいなかったと思います。本屋をはじめるにあたって、僕は若い人達にこれらの雑誌をもっと見てもらいたいと思っていました。こういうものがあったから、今のデザイン、エディトリアルがあるんだということを伝えたかったのです。僕自身がこれらの雑誌やヴィジュアルブックから学ぶべきところがたくさんあったので、みんなにも何かのきっかけになるんじゃないかと思ったのです。

雑誌という存在は、すぐ次の号が出るから、ほんの一ヶ月の命しかない。でも、その一ヶ月のいちばん新しいことが常に発表されていることも確かなのです。ひとつひとつ見ると学ぶべきところがたくさんあるし、そこからインスピレーションを得ることができる。過去の雑誌が一枚の絵のように評価されるわけではないですが、今ではどこにも載っていないようなヒントがちゃんと存在するのです。

やっぱり本物を見るのがいちばんです。僕も本物をたくさん見て勉強したことで、自信がつきました。写真の歴史も学んだし、ファッションやデザインの歴史も学ぶことができた。声高に自慢するつもりはないですが、知識を持つということは自信につながります。そして、人が知らないことを自分のなかに蓄積していくことの満足感や充実感がはげみになるのです。

若い人は、海外の雑誌にグラフィックのオシャレ感だけを求めているのかもしれませんが、たとえ読めなくてもコンテンツを眺めるだけで発見は多いと思います。この雑誌には何の特集が載っていて、誰が登場しているのか、辞書を片手に目次を読むことで、雑誌をもっと楽しめるし、学べるのではないかと思います。

次のテーマは「技術」

オールドマガジンのなかに、僕にとってのスタンダードがある。それは今でも変わりません。しかし、最近ちょっと考え方が変わり、古いものから得た知識に依存することが嫌になってきました。

以前は人が知らないことをどんどん発見していって、それを伝えていくということに一生懸命でしたが、最近は意欲がなくなってきてしまいました。物質的なものに対して魅力をあまり感じなくなってしまったのかもしれません。今までは、はじめて行く古本屋に入るとすごくワクワクして、たくさん本を選んでいましたが、最近はあまり本を探す気持ちが起きてこない。それは飽きたというより、自分にとってのアイデアソースをインプットしていくことに興味がなくなってしまったのです。

客観的に見て、今の自分にいちばん足りないのは技術だと思います。今までセンスと経験だけで仕事をしてきて、そこでは誰にも負けない自信がありました。しかし、これ以上そういう仕事のやり方をしていくことには限界を感じているのです。今の僕の興味は基本的な技術を身につけることに向かっています。文章を書く技術や編集をする技術。今までノリやセンスだけで突き進んできたけれど、もう少し技術的なことを身につけたいのです。

本屋についてもそう。本屋をやるための技術を学びたい。今までは本ありきで、本さえよかったら人は買ってくれるし、自分も表現できるだろうと思っていたけれど、それだけでやっていくことに限界を感じてしまっています。お店をやっていくために、常に面白い本を探し続けるのは宿命ですが、一生それだけをやっていくのは辛すぎる。偶然の出会いは新しい本を探すためだけに本屋に行くというのは、悲しいと思っています。偶然の出会いはうれしいと思いますが、店の隅から隅まで商売の為に本を探していく作業になると辛い。もちろん、まだまだ僕が知らない素晴らしい本も多いと思いますし、これから先もそういうものに出会って、自分を通じて人に伝えていくことができたらいいなと思っていますが、あまりそれだけに偏らないようにしたいのです。バランスをとるためには、技術の修得が必要だと思います。それが今の僕のテーマです。

これからは本屋としてのクオリティを上げるために、技術を求めることも怠りたくない。本屋を続けてきて、ある程度のところまで到達したからこそ、本屋としての稚拙な部分が見えてきたのです。

「カウブックス」誕生

僕には色々な理由でリスペクトしている本屋がいくつかありますが、素晴らしいと思うのは、やっぱり長く続けている本屋。パリだったら「シェイクスピア・アンド・カンパニー」だし、ニューヨークだったら「ストランドブックストア」。長く続いているということは、流行とは無関係だということです。僕のやっている本屋は流行のひとつと言われるかもしれませんが、何としても続けていきたいんです。続けることで僕の本屋が流行だけじゃないということを立証したい。僕の本屋が当たり前な存在になるようにしていきたいのです。そのためには、いつまでたってもセレクトショップだけじゃいけないと思うのです。

今までのエムカンは、松浦弥太郎というバイヤーがいるセレクトショップでしかありませんでした。でも、これから先を見つめていくと「もしも僕がいなくなったらどうするの?」ということになってくるのです。僕が目指す店は、僕がいなくても続いていく店なのです。そのための本屋の技術がもっと必要になってきたということです。それを考えてやろうとしているのが、新しいお店「カウブックス」です。

ジェネラルリサーチの小林節正さんと、次の世代につなげられる本屋をやろうという話を以前からしていました。まずは本屋のあるべき姿というものをつくりたいというところからはじまったのです。本屋はただ本を並べて売っているところではなくて、常に情報が集まって、そこからまた生まれた新しい情報が発信されていく機能もあると思います。それを街のレベルでやりたい。ビジネスとしてだけではなく、街のキーステーションとして。今は街のキーステーションってコンビニくらいだと思いますが、それでは寂しい。とにかく街に対して機能する本屋をつくりたい。そこに行けば知りたいことがわかって、元気が出るような、励みになるような本が並んでいる店。ラインナップは昔のエムカンより狭まると思います。サブカルチャーとかヴィジュアルというセレクトではなくなるでしょう。うたい文句は、「珍しい本はないけど、うれしい本はある」。珍しい本を求めて来られても違う。うれしい本を見つけて、たくさん揃《そろ》えていきたいと思っています。

カウブックスでは出版もやっていきたい。自分達が売りたいものを、まず自分達でつくる環境を持つべきだと思っています。本屋も人がつくったものばかりを売っているのではなく、自分達もつくってみることが必要です。製本はしなくても、コピーを綴《と》じただけのものでもいい。

サンフランシスコの「シティーライツ・ブックストア」が僕らにとっての目標。同じようにはじめは二人ではじめていますし。小さくても、新しい才能が集まるような場所

であり たい。小さなムーブメントからはじまって、十年二十年後に「誰かがはじめた」じゃなくて、「あの店からはじまった」と言われるようなことをやりたい。そういう理想は一年や二年では実現しないと思うのです。そんな簡単なものじゃないし、お金で買えるものじゃないから。やっぱり三十年とか五十年、「下手したら百年くらいかかるよね」と小林さんとも話しています。

僕達の目的は「続けること」です。僕も小林さんもせいぜいあと三十年くらいしか生きられないと思うし、カウブックスをずっと育てていくことはできないんです。三十年でできることってたかが知れてますしね。だったらその三十年をリミットにするのではなく、もっと先を見据えていけば自分達の理想を大きくすることができる。だからこそ次の世代にバトンを渡す必要があるのです。誰かカウブックスを続けてくれる若い人達が現れたら、僕らは完成型を見なくてもいい。はじめさせてもらえたということだけで充分。世代が代わったら、理想も変わっていくと思いますが、それでいい。ずっと続いていくために次につなげるところまでできれば、それでいい。常に成長し目黒にあるべき素晴らしい本屋になっていってくれたらと思います。

移動本屋も続けます。移動できるものと、いつもあるものが両方とも存在しているのが理想なのです。

カウブックスは、僕達が考える「自由」を実現していくことが目標だから、すごく夢があっていいなと思っています。夢だけではなく、ビジネスとしても成り立つようにしたい。理想や夢を形にして、しかもそれを続けていくことができるんだということを見せたい。バブルの時代、色々なところで理想が生まれたけど、どれも短い間で消えてしまいました。だからみんな「自分のやりたいことは結局、商売にはならないんだ」ということを肝に銘じていると思う。でもそれを僕は、こんな時代だからこそ、理想も夢も持ち続けていくことができるんだということを見せたい。それを見せることが次の世代に残すべきことなんだと思います。次の世代に何を残せるか。それが僕にとっていちばん関心があるテーマなのです。

文筆家としてできることもあるかもしれないし、本屋としても理想を追求していきたい。どちらもせっかく続けてきたのだから、これからも続けていき、何かを残していけたらいい。自然のサイクルみたいに、ひとつの種が成長して、種が地面に落ちる。そこから芽が出て花が咲いて、また枯れてという流れ。自分が咲かせた花は枯れてしまっても、次の世代に向けて種は落とすことができる。ひとつの種が環境に応じて変化していくのは、美しい自然の摂理だと思う。何ごとにもそういうペースでやっていきたい。

グッディ！　地図は自分で歩いて作る

LONDON

目を覚ますとカーテンの隙間から、絵筆で線を引いたような朝の光が七色になってベッドに模様を描いていた。まぶしさに耐えきれず寝返りをうって枕に顔を埋めると、ほのかにユーカリの香りがした。うたた寝しながら天窓を見上げるとロンドンの空は真っ青に晴れていた。雲ひとつない。青空の高いところを小さくなったジェット機がすーっと横切っていった。

熱いシャワーを浴びてから、一階のリビングに降りると朝食が用意されていた。ロンドンの宿泊はベーカー・ストリート近くのB&Bを選んだ。「おはよう」。ここで働くマディーナという名の女性が優しく挨拶《あいさつ》をした。「おはよう」と答えてテーブルにつく。数種類のパンとジャム。ヨーグルトやシリアル、フルーツなどがテーブルに置かれている。マディーナは湯気の上がったコーヒーをマグカップにたっぷりと注いで僕の前にコトンと置いた。「ご機嫌いかが？」。外国では当たり前の挨拶だが、旅先の朝、誰《だれ》かからこう聞かれると不思議と心が温まって嬉しくなる。とはいえ「はい、元気です」と答えるのが精いっぱいだ。「そう、よかったわ」。マディーナは僕の肩をそっと抱くようにしてつぶやいた。「どこから来たの?」「東京……」「旅してみたいわ東京に……」。マディーナは目を細めて窓の外を見つめた。彼女の故郷はどこだろう。名前からするとアラブ系だろうか。二人して窓の外をぼんやりと見つめていると「チン」と音がして、焼き上がったパンがトースターから飛び上がった。その音で僕らは我に返り、そして静かに微笑んだ。ロンドンの幸福な朝。さあ今日は歩くぞ。

ロンドンいち旨いと言われているブリックレーンのベーグル屋は町の名所になっている。その「ブリックレーン・ベーグル・ベイク」は繁華街から離れた、レンガ造りの建物に挟まれた小さな店だ。いつ行っても行列が出来ている。そして二十四時間営業。夜中や朝方に、焼き立てのベーグルが食べられるなんて嬉しい限りだ。さて、ベーグルは何を選ぼう。シナモンレーズンかセサミか。ニューヨークでは、毎朝ウエストサイドの「H&H」でベーグルを買って食べていたのが懐かしい。

ベーグルから上がる湯気で店の窓は曇っている。買う番になってメニューを見た。するとベーグルには、ベーグルとしか記されていない。「ベーグルの種類は?」と聞くと「プレーン、一種類よ」とカウンターの中で忙しく働くおばさんは言った。「ふたつ下さい……」。仕方なくそう注文した。ブラウンバッグに無造作に入れられたベーグルはころんと小さく、手に持つとぽかぽかと暖かかった。ふたつで三十ペンスとなぜか大変に安い。後ろに並んでいた若い女性の注文を聞いてみた。中身をあれこれと選んでサンドイッチを注文している。そうか、ここではベーグルをサンドイッチにするのが常なのだ。

並ぶ人が途切れたすきに「あの……これをサンドイッチにしてください。えーと……トーストしてから、レタスとトマトとピクルス、チーズをはさんでください。あとマヨネーズも……」。おばさんはカウンターに置いた僕のブラウンバッグをそのままにして、新しいベーグルで注文通りのサンドイッチを作ってくれた。はい、と渡された、作り立てほやほやのサンドイッチをすぐにほお張った。まわりはサクサクして香ばしく、中身はもっちりふかふかしたベーグルが実に旨い。新鮮な野菜の絶妙な歯触りがたまらない。「おいしいなあ……」。そうつぶやくと、おばさんはうなずいて微笑んだ。「世界一のベーグルかもね」。そう言うと「それは嘘《うそ》だわ、嘘つき！」と大笑いされた。ロンドンいち旨いベーグルはサンドイッチで食べる。大発見である。

誰かに連れられて歩くことほど不幸なものはない。その先に何があるかわからなくとも、行く道は自らが選んだ方角を歩んでいきたい。気の向いた駅で降りて、目の前の道をどこまでもまっすぐ歩いてみる。匂いや人の気配の変化に気づき、曲がりたくなったところが大抵その町のはじっこである。そしてまた歩く歩く。横丁を抜けてみたり、あっちへ曲がったり、こっちへ曲がったりして、どんどん迷ってみる。そうやって思いのままに一日歩いてみると、いつの間にか出発した駅に舞い戻っていたりするものだ。町のスケールさえわかってしまえば、あとはどこを歩いても発見し放題。そのことを、僕は今回ロンドンを歩きまわって学んだ。

イーストエンドのブリックレーン。現在この町のマジョリティは、バングラディッシュからの住民だ。その昔、十七世紀にはフランスのカルヴァン主義者の避難所となり、ユグノーと呼ばれるフランス人プロテスタントが住みついた。ブリックレーンを通るフォーニア・ストリートには、歴史を物語るクライスト・チャーチが建っている。十八世紀に建てられた当初は、ユグノーのプロテスタント教会だった。その後、アイルランド人のメソジスト教会になり、そしてユダヤ教会となった。この教会は、移り変わる時代と住民によって変化する不思議な存在である。その自由さがブリックレーンの魅力とも言えよう。

ブリックレーンは、現在のロンドンで散策するにはとびきり楽しい町だ。家賃が安いから若いアーティスト達が移り住んでいる。ローカル色豊かなショップやレストランがあちこちに軒を並べ、気取りのない居心地の良い店がいくつもあった。一番の魅力は食事に困らない町であること。バングラ・カレーに舌鼓を打つこと間違いない。

今日もブリックレーンを歩く。リバプール・ストリート駅から、スピタルフィールズの路地裏を抜けながらそぞろ歩く。今日は日曜日なので露店が並ぶ大きなマーケットが開かれている。まるでアメ横のような雰囲気だ。あらゆる人々が様々な物を持ち寄って店を開くのだ。それを横目に、古いカフェやパブが建ち並ぶブラッシュフィールド・ストリートをぶらぶらと歩き、コマーシャル・ストリートの信号を渡る。ここからがブリックレーン地区である。

最近は古着屋やレコード屋、セレクトショップなどがぽつぽつとオープンし、感度の高い若者達が集まっている。

ブリックレーンで一番好きな店はどこかと聞かれて、すぐに思い浮かぶのが、プリンスレット・ストリートにある「ストーリー・デリ」というカフェだ。一見、製粉所もしくは小麦粉倉庫かと思わせるのは、店の中に小麦粉の袋が山積みされているから。店内には、アンティークのチョップ・テーブル（肉屋のまな板テーブルのこと）がいくつも置かれ、センスの良い道具類が無造作に飾られている。壁には大きな鏡がたくさん立て掛けられ、客は段ボールでできた簡易スツールに腰をかける。飲み物以外ではサラダやピザといったフードメニューもあり、それらは二階のキッチンで調理され運ばれる。いたって開放的でナチュラルなカフェだ。ちなみにスイーツやフードはお皿に盛られず、まな板や木の板に盛られるのもこのカフェの特長である。

　以前、真夏の暑い日に訪れたとき、トップレスの若い女性が美味しそうにサラダを食べている姿を見たのもこのカフェだった。とても自然で美しかった。今回の旅ではストーリー・デリが行きつけの店になった。


　ロンドンは旅する者にとって、迷路のような所だ。とにかく通りの名前がブロックごとに変わるので、複雑なのだ。馴《な》れてしまえばこの方が便利なのかもしれない。まっすぐ歩いているだけで道の名前がどんどん変わっていくのには、さすがに戸惑ってしまう。ロンドンで、タクシー・ドライバーのライセンスを取得するのが難しいのは、複雑な通りの所為とも言われる。

　労働者の町イーストエンドに住む人々に、アートの場を提供しようという試みで建設された「ホワイトチャペル・ギャラリー」がある。そこへ行こうと、リバプール・ストリート駅から歩いたが、気がついたらテムズ川まで来てしまう。引き返す途中に、イギリスで有名な建築家、クリストファー・レンが手がけた巨大なモニュメントに出くわして驚かされた。ビジネス街のビル群の間に突然、高い塔がそびえ立っていた。

　ホワイトチャペル・ギャラリーは、オールドゲイト・イースト駅の横にあった。大きくもなく小さくもない心地よいサイズの美術館である。入場料無料（ロンドンの美術館では当たり前）。現代美術の展示やイベント、二階のカフェでは定期的にライブなども行っているという。常に空いているセルフサービスのカフェは穴場である。カフェの窓から、本屋を兼ねた「フリーダム・プレス」という名の出版社が隣に見えた。気になったので外に出てから、探してみたが見つけられなかった。隣のビルの一角でさえ、思うように行けないのだ。これがロンドンなのか。愉快で仕方がない。

ピンク色の模様が描かれた頭蓋骨がショーウインドウに飾られていた。近寄って見たら、若いアーティストの作品だった。ショップの中をのぞくと、美しいレースのリボンを飾り付けたカラスの剝製なども置かれている。この不思議な洋服屋の名は「ルナ＆クリアウス」。ドアを開けると店員の女性が気さくに挨拶してきた。ほとんどがレディースであるが、店の奥にはメンズも揃えている。そして様々なアート作品があちこちに置かれている。

小さな店だが、あるものひとつひとつに卓越したセンスが溢《あふ》れていて、思わず宝探しをしたくなる店だった。店員に聞くと、ここは一年前にオープンしたばかり。八人のクリエイターの共同経営によるセレクトショップであるという。どうしてブリックレーンにオープンしたのと、訊ねてみると、「ここはまだ家賃が安いから。そしてこの町は私達の感性に近いのよ」と店員は答えた。手の平サイズのブロックに絵の具で家や工場、木や草花、人の顔を描いた作品に魅かれて手にすると、「それはアレックス・ヒグレットというアーティストの作品よ」と教えてくれた。どこかで聞いたことのある名と思ったら、つい一ヶ月前に、友人の子供にプレゼントするのに選んだ絵本の作家だったと思い出した。『エッグ・アンド・バード』という小鳥と卵のユニークな物語の絵本だ。「絵本を描いてるアレックス・ヒグレットですか?」と聞くと、「そうよ、その彼よ」と店員は笑って答えた。ブロックは、ほんの小さなものだがひとつ二十ポンド。しかしどれもがたまらなくキュートだ。たくさんある中から五つを選ぶと、「これは今日、飾ったばかりだから、あなたはラッキーね」と店員は包みながら言った。まさかブリックレーンで宝探しが味わえるとは思っていなかった。「ルナ&クリアウス」は人に教えたくない店のひとつかもしれない。

ロンドンの古本屋はいかがなものか? と良く聞かれる。正直言って、ロンドンの古本屋のことはあまり知らない。十軒ほどの絶版写真集専門店とアートブックストアくらいだ。新刊書店で『ロンドンの本屋ガイド』という本が売っていたので、古本屋のページをめくると、新刊書店に比べて、ほんのわずかしか紹介されていなかった。ということは、東京やパリに比べてロンドンには古本屋の数が少ないのかもしれない。

ライオンで有名なトラファルガー広場から、チャーリング・クロス・ロードを上がると、すぐにセシル・コートという横丁がある。ロンドンの古本街といえば、ここがそうだ。百メートル程の横丁におよそ二十軒ほどの古本屋と数件のアンティーク屋が、両脇にずらりと並んでいる。古本好きなら、おそらく半日は退屈はしないだろう。

セシル・コートに一軒だけ贔屓の店がある。「レッド・スナッパー・ブックス」という小さな古本屋で、アーロンという青年が切り盛りしている。この店の専門は、ギンズバーグやケルアックといったビートニク作家の作品群。そして六〇年代のグラフィック・デザインやアヴァンギャルド・アート、絶版写真集である。ロンドンの古本屋では、最近になって六〇年代ブームが訪れ、アーロンがセレクトするような本や作品が高騰しているのだ。アメリカのヒッピー・ムーブメント関係の本などは特に人気が高い。

「カウンターカルチャーが再評価されているのさ」。アーロンは僕に言った。ロンドンで君の好きな本屋はどこ?と聞くと、「ロンドンには無いね。しいて言えば、ブリックレーンにある『イーストサイド』という本屋。あそこはローカルなアーティストや、あのエリアに関する本を集めている。いい本屋だよ」と教えてくれた。「ブリックレーンの『イーストサイド』は昨日行ってきたよ」と言うと、アーロンは笑って握手を求めてきた。「あそこはいい本屋だ」アーロンはもう一度言った。

NEW YORK

「丘のある島」とアメリカインディアンに呼ばれたニューヨークで、僕は二十歳の誕生日を一人で迎えた。ブロードウェイ七三丁目にある六階建てのアパートは、ジャズクラブ「バードランド」で働くピアニストから、月四百ドルで又借りした小さなステューディオだった。部屋の大半を占めるグランドピアノの下にFUTONを敷いて寝るのも苦ではなく、むしろそれがニューヨークらしいと自惚れて微笑んだ。収入に窮したピアニストが、ハーレムに暮らす恋人の部屋へ居候となったその夏のはじめ、僕はアッパーウエストサイドの住人になった。

ニューヨークのエキサイティングな仕事と生活、そしてロマンティックな出会いを思うと、毎日、新しい朝が待ち遠しかった。ステューディオの又貸しは、ピアニストがレッスンで使うことが条件だったので、陽が昇ると街を彷徨うのが習慣となった。歩きたいところだらけのマンハッタン。そこは世田谷と同じくらいの広さ。道という道を全部歩いてみようと思った。

僕はアッパーウエストサイドから歩きはじめた。かつてはスペイン系移民の街だったその一帯も、今や学者風のヤッピーが好むエリアになっている。書店の「バーンズ&ノーブル」、セレブが集まる「オニールズ」や「コロンバス」といったバーやレストランは、いつ前を通りかかっても賑わっていた。しかし僕が探したのは、かつてブリッジ・アンド・トンネルと呼ばれた時代、橋やトンネルを使ってやってくる人々で溢れた古き佳きアッパーウエストサイドの面影だった。歩き続ける僕のポケットには、いつでもH&Hのベーグルがひとつあった。

一八八四年の「ダコタ・アパート」の建設をきっかけに、アッパーウエストサイドの発展ははじまった。それまでは石ころが転がる空き地ばかりのへんぴな場所でしかなかった。一九〇四年、地下鉄の開通によってアッパーウエストサイドの人気は、芸術家達の間で不動のものとなる。

僕はダコタ・アパートの黒ずんだ石垣に触ってそんな時代を思うのが好きだった。僕のアパートの前にも、ニューヨークで最も美しいといわれる高級アパート「アンソニア・ホテル」がある。そこにはかつてベーブ・ルースやストラヴィンスキーが暮らしていた。そのデコラティブな窓枠を横目に、毎朝ブロードウェイ七九丁目のデリカテッセン「ゼイバース」に朝食をとりに行く。そこでは淹れたてのコーヒーとドーナツが二ドルで足りた。大きなテーブルに客同士が向かい合って座るのも好きだった。

「ここが出来た時のことは覚えてるわ……」。そうつぶやく老婆の話に耳を傾ける。「七十五年前よ。なんにもなかったこの辺りにポッンと灯がついたように『ゼイバース』が出来たの……」

「エクスキューズミー」。強いアクセントの言葉とともにテーブルに置いてあった「ニューヨーク・タイムズ」を黒人のメッセンジャーが摑んでいった。もぐもぐと話す老婆のその後の言葉は、朝のざわめきにかき消されもう聞き取れなかった。

僕にとって毎朝ゼイバースで交わされる天気や時事をめぐる会話を聞くことは、一時的だとしても、この街へのコミュニティ意識を高めるエッセンスになった。

外に出ると眩しい陽射しがきらめき、ニューヨークのいい匂いがした。

ニューヨークの古書店巡りはお手の物。

三十代半ばになった僕は今、東京に暮らしている。ニューヨークの暮らしは遠くなったが、今も古書の仕入れで年に数回ニューヨークを訪れる。そんな僕がニューヨークで一番と太鼓判を押すのが、ウエスト・ヴィレッジにある「ボニー・ストニック」という数年前に出来た新しい古書店だ。クッキングブックを専門にした小さな店は、まるで店の主であるボニーさんの家を訪れたように愛らしい空間だ。イラストが鮮やかな古いクッキングブックが所狭しと並べられ、一見古書店というよりアンティーク屋といった雰囲気が楽しめるのも人気の理由だ。数メートル離れたところには新刊本屋の「スリーリヴス・ブックショップ」がある。ボニーさんは元々そこで働いていたというから本屋のキャリアは充分だ。ヴィレッジの良心と呼ばれたスリーリヴス・ブックショップで働いていた経験は誇り高い。

ボニーさんのデスクの前にはいくつもの木製シューズボックスが置かれていた。中には五〇年代の食品メーカーのカタログやパンフレット、レシピカードなどが詰まっている。「売りものだけど、これらは私にとって宝物です」。ペンを耳にはさんだボニーさんはそう言った。一冊いっさつ自分一人で探し集めたという蔵書はすべて読んでいるとのこと。「若い頃《ころ》、教会ボランティアでブラウニーを焼いていた時、ブラウニー・ボニーとあだ名が付いたくらいに私は料理が好きなのよ」。そんなボニーさんに会うために店に通う客は少なくない。僕もその一人だ。

アッパーウエストサイドで見つけた、一番のお気に入りは、七二丁目から一五八丁目までつづく、ハドソン川沿いのリヴァーサイド・パークだ。川をはさんだ向こう岸にはニュージャージーの景色が大きく広がっている。リヴァーサイド・パークは一万三千本もの木々が茂った自然溢れる公園だ。川沿いの遊歩道にはベンチが置かれ、ジョギングを楽しむ人々や犬の散歩をする人々でいつも賑わっている。

朝食のあとに遊歩道を歩いていると、水辺に小さなピア（船着き場）があることに気がついた。見るとそこには幾艘《いくそう》ものクルーザーが停泊している。驚いたのはそのクルーザーからスーツを着こなした男性が出てきたことだ。

「ここはあなたの家なのですか?」。僕がそう聞くと「うん、そうだよ。この船が僕の家さ」と男性は答え、足早に仕事へと出掛けていった。船が家? そう思ってよく見ると、ピアのゲートにはポストがある。クルーザーもよく見ると、たしかに船ではあるが、植木が置かれていたりと家のようでもある。中には大きな邸宅がそのまま船になって浮かんでいるものもあった。ハドソン川に浮かべた船が自分の家だなんて、僕はとてもうらやましくなった。波のある日は大変だろうな。そう思っていると、桟橋をしっぽを振って駆ける犬がいた。今度は女性が船から出てきた。スーツを着ているからやっぱり仕事に出掛けるのであろう。僕はニューヨークの暮らしもいろいろあるのだなと感心した。女性の後を追った犬は、こちらを振り返ったままいつまでも吠え続けた。

今日は掘り出し物を見つけようと張り切った。

ニューヨークをともに訪れている友人からクラシックレコード収集の話を聞いた。ジャンルは主に六〇年代のロシア・ピアニズムだという。幾人かの知人達とその愉しみを深めているという。マンハッタンの古書店には中古レコードを置いている店も少なくない。友人にそう言うと「じゃあ、古本とレコードを一緒に探し歩こう」と意気盛んになった。

ブロードウェイ八〇丁目にある「ウエストサイダー・ブックス」は昔ながらの古書店だ。店は小さいが二階までの吹き抜けの壁がすべて本棚になっている。ここで表紙のイラストが気に入った『Looking in Junk Shops』（一九六一）を十ドルで買った。外に置かれた一ドル均一棚に目をやるとハーブ・ルバリンがデザインを手がけた伝説の雑誌『エロス』が無造作に置かれていた。通常五十ドルするものが一ドルとは驚きだ。久々の古書店巡りが楽しくなった。友人はレコード棚と格闘し、「アメリカのせいかバーンスタインばかりだなあ」と呟いている。探しているのは、ロシア国営レコード会社「メロディア」盤のヴェデルニコフやリヒテル、ホロヴィッツなどだ。僕はミッドタウン・サウスの「アカデミーブックス」がレコードをたくさん扱っていたことを思い出した。そこは「スカイライン・ブックス」をはじめとする古書店が軒を並べるエリアだ。

アカデミーブックスに足を延ばすと、なんと店の名が「アカデミーレコード」に変わっていた。友人はたちまち嬉しそうに数枚のレコードを脇に抱えはじめる。目的さえあればとびきり楽しくなるのがニューヨークなのだ。

マンハッタンを代表する本屋といえば、ミッドタウン・サウスの「ゴッサム・ブックマート」だ。一九二〇年にフランシス・ステロフ夫人によって設立され、インディペンデントな作家や、数々の前衛文学を受け入れ、本を売ることよりも作家を支援する姿勢を何一つ変えずにいる老舗書店だ。ヘンリー・ミラーは「自分の家のような場所《Home away from Home》」と、この書店を語っている。

ニューヨークに暮らしていた頃、僕が一番通った書店がゴッサム・ブックマートだった。そして、この書店の斬新なセレクトや自由な精神が、後に僕がはじめた「カウブックス」の基礎を、どれだけ支えたかは計り知れない。マンハッタンの書店が減りつつある今もゴッサム・ブックマートだけは無くなることはない。それは良き隣人である作家達が無償の協力をして守っているからだ。また、古き佳きニューヨークはどこかと聞けば、多くの人がゴッサム・ブックマートを挙げるであろう。ニューヨーク市民からも安らぎのランドマークとしてここは愛されている。

良い街には必ず良い本屋がある、というのが僕の持論だが、最近の状況は明るくはない。一九四〇年代、書店全盛期と呼ばれた時代にはフォース・アヴェニューからアストール・プレイスにかけては本の街と呼ばれ、このエリアだけで二十五軒もの書店が軒を連ねた。八〇年代になってマンハッタンの書店は全体で二百五十軒まで増えたが、それが今ではなんと百軒以下しか残っていない。

ブックハンティングという言葉がいつまでもニューヨークにあり続けるように、心からブック・ブレス・ユーと唱えたい。

「ニューヨークは垂直な街」と言ったのは、写真家のダイアン・アーバスだ。ある日、そんなマンハッタンの景色を思いながら、友人達と「MAD」というカフェで朝を過ごした。その店の隅にウディ・アレンの『マンハッタン』のペーパーバックが置かれていた。

「彼は心からニューヨークを愛していた……」。映画『マンハッタン』は、たしかウディ・アレンがそんなセリフを語るシーンからはじまる。今でもウディ・アレンはニューヨークに暮らしているのだろうか。少し前に見た『ギター弾きの恋』で、歳は取ったが語り調子はなんら変わらない姿を見たのが最後だった。考えてみたら、ニューヨークを夢見るようになったのは、ウディ・アレンの映画がきっかけだった。そこにはシリアスでユーモラス、そして美しいニューヨークがあった。『ハンナとその姉妹』『アニーホール』『マンハッタン』。この三本が大好きだった。

ある日、空がきれいに晴れたのでイースト・ヴィレッジへ散歩に出掛けた。ウォーホールとバスキアが買い物をした「ディーン＆デルーカ」の前を通り、『バスケットボール・ダイアリーズ』のジムがドラッグを買いに行ったトンプキン・スクエア・パークを横切り、「トゥーブーツ・パイオニア・シアター」という小さな映画館に入った。客は三人だった。映画を見終わった帰り道、ウディ・アレンの行きつけのレストラン「エレインズ」を探してみようかと思った。

紙芝居のように変化する風景を眺めてニューヨークをそぞろ歩く。本を買って、コーヒーを飲んで、デリでランチを買って、公園に行って、街を歩いて、一日が終わるニューヨーク。明日が楽しみなのもニューヨークならではだ。

LOS ANGELS

空港出口のドアから外に出ると、あたたかな気温と陽射しのまぶしさで身体の力がゆるりと抜けていく。

東京は雪がちらつく真冬の日だった。空港内のレンタカー乗り場に向かう途中、横断歩道の手前でセーターを脱ぎ、手に持ったダウンジャケットと一緒にダッフルバッグに放り込む。まくり上げたシャツの袖からのぞいた真っ白な腕に、木漏れ日がきらきらと当たっている。ふぅーっと息をひとつ吐くと気持ちは幾分楽になった。旅に出掛けるまでのせわしい日々と苦手な飛行機のせいでからだも心も力が入りっぱなしだった。

歩道に置き去りにされたカートの「ロサンゼルスへ、ようこそ!」という文字をぼーっと見つめていると、黒人の空港職員が音楽を鳴らしながらやってきた。その音楽がどこから鳴っているのか僕にはわからなかった。不思議に思ってよく見てみると、音楽は首からぶら下げた携帯電話から鳴っている。

目が合うと彼は「Hi」と言って微笑んだ。僕も「Hi」と挨拶し、「それいいね」と言うように携帯電話を指さした。彼は「まあね」というように肩をすくめた。信号が青になる。僕が行こうとすると彼は「いい一日を」と言って、音楽に合わせて口ずさみながらたくさんのカートを押していった。後ろ姿がうきうきとしている。僕は「ありがとう、君もね」とつぶやいた。

ロサンゼルス国際空港からウエストハリウッドとビバリーヒルズの間にあるビバリー・ローレルというモーテルへと車で向かう。

空港を出てすぐに朝の通勤渋滞にはまった。この調子だとモーテルにいつ到着できるかわからない。仕方なく僕は立ち並ぶパームツリーを眺めていたが、すぐにそれにも飽きてしまう。さまよった視線はのろのろと進む前後左右、そのまた左右の車へと向けられる。

若いOL風の女性がバックミラーを使ってアイラインを素早く上手に描いている。朝食のサンドイッチをゆっくりと食べているのは、ピックアップを運転するドジャースの帽子を被った中年男だ。細君の手作りなのか、通りすがりのデリで買ったものなのか。満足げな顔がその答えを物語っている。男はじっと前を見据えたまま、口の中のサンドイッチをポットに入ったコーヒーで流し込んでアクセルを踏んでいった。

後ろの車のネクタイ姿の男性は、分厚いペーパーバックを片手に持って読書をしている。何を読んでいるのか気になって目をこらしたがタイトルは見えない。バックシートに幼い子供が見える。子供を幼稚園にでも送ってからの出勤なのだろう。

さらに見回すと、助手席に置いたノートパソコンをいじっている人がいれば、ハンドルに便せんを載せて手紙を書いている人もいる。一番多いのは携帯電話で話している人だ。僕に見られていることに気づく人もいる。小さく手を振り返してくれたり、ヨオ！という感じで目配せする人がいるかと思えば、キッとにらみつける人もいるし完全に無視する人もいる。人間観察は面白い。みんなそれぞれこの渋滞を見越していて、その時間の有効な過ごし方を身につけている。

運転しながらドーナツを食べている若い女性が横に並んだ。細い眼鏡をかけている。片膝を立てたスカートから白い太ももが露になって見える。退屈しのぎに僕は彼女のプロフィールを想像してみる。これから会社に出勤するのか、僕と同じように旅行者なのか、それとも誰かを空港に送ってきたんだろうか。しばらく横に並んでいるのをいいことに、僕は彼女とのロマンスまで空想を膨らませる。車はのろのろとしか動かない。遥か先まで立ち並ぶパームツリー。真っ青な空。

ウエストハリウッドにあるモーテルに辿り着いたのはお昼すぎ。車を駐車場に入れてフロントに向かうと、なんとチェックインまであと二時間もあるという。

まあ、いいか。急ぐ旅でもないし。モーテルの一階にある二十四時間営業のダイナーでしばらく時間をつぶすとしよう。

薄暗いダイナーの壁にはウォーホールの牛の絵がピンクと黄色でコラージュされ、けたたましいロックが鳴り響き、店員や客がリズムに合わせてからだを揺らしている。平日の昼間だというのに多くの客で賑わっていて、そこら中のテーブルに空けられたビール瓶が並んでいる。遊び人にも見えないこの元気な大人達。何の仕事をしているのか。それが不思議でならなかった。

窓に面したベンチシートに座ると、街路に植えられたパームツリーの太い根元が正面に見える。まるで巨大な象の足のようだ。どこを眺めてもパームツリーだらけ。道によって植えられている種類も違う。背が高いのや低いのや、また細いのや太いのとさまざまだ。いったい何種類のパームツリーがあって、それはどこから持って来られたものなのか。一度調べてみたら面白いだろう。僕はノートを開いて、大袈裟《おおげさ》に葉が茂った絵を描いて「ロスのパームツリー」と書き記す。

背中に「一」と背番号の入ったTシャツを着て、ミニスカートを履いた黒い髪の女性が注文を取りにきた。ここではチアガールスタイルがユニフォームらしい。コーヒーとシーザーサラダ、フレンチフライを頼む。忙しさが表情にあらわれていたが、テーブルを離れる時だけは作り笑顔を見せた。

期待もせずに口にしたロメイン・レタスが思いのほか新鮮で驚く。パルメジャーノ・レジャーノチーズも風味が深くて美味しい。「アメリカで作られた最も偉大なレシピ」

と言われるシーザーサラダは僕の好物だ。この一皿のおかげで胸の内が和らいでいく。

ベンチシートの奥に腰をずらしてひと息つく。文庫本でも読んでチェックインまでの時間を過ごそうか。いや、でもここでの読書は無理だ。ＢＧＭのロックもそうだけれど、コーヒーポットを持ち歩く女性が「おかわりはいかが？」とやたらと聞いて廻るので気が散って仕方がない。ただでさえ大きなマグカップなのに、そんなに何杯もコーヒーを飲めるわけがない。目が合うたびに「けっこうです」と声を出さずに口を動かすと、彼女は眉毛を八の字にして不思議そうな顔をする。

窓から見える、おもちゃのようなパームツリー。僕はそれをノートにいくつもスケッチして時間を過ごす。それからも彼女は何度も「おかわりはいかが？」と微笑みかけてきた。

チェックインを済ませ、部屋に荷物を運んで熱いシャワーを浴びる。バスルームにある切り取られた小さな窓から外を見上げると、空はまだ無性に明るい。この町を歩きはじめる前に一寸そこいらをひと回りふた回りして自分の居場所と土地勘を得ておこう。濡れた髪のまま荷解きも後まわしにして車を出す。フェアファクスを南へ向かい、ヴェニス・ブルバードを右折し、さらに西へと気が向くままに走っていく。

うろうろしていると気になる本屋を発見した。アボット・キニー・ブルバードとウェストミンスター・アヴェニューの角にある「イクエーター・ブックス」というヴィンテージ古書店だ。セレクションは、モダンファーストと呼ばれる現代文学の初版本、六〇年代から七〇年代にかけて出版されたカウンターカルチャー本、ビート文学、絶版写真集、またはインディペンデントな出版物や同人誌など幅広く揃えている。だだっ広い店の中央がギャラリースペースになっていて、独自の視点でフォーカスした新人作家のアートが並べられている。都会とは言えないロサンゼルスのヴェニスでこんなハイセンスな古書店がやっていけるのかと首をかしげたが、僕にとっては時間を忘れてしまう楽園だ。

ガラスケースに入ったジム・キャロルの『バスケットボール・ダイアリーズ』(一九七八)と、オルダス・ハックスリーの『すばらしい新世界』(一九三二)の初版本に惹かれて、店のスタッフに声をかけると気軽に見せてくれた。どちらもニューヨークで探したが見つけられなかったものだ。コンディションは申し分ない。

値段を聞くと前者は七百五十ドル、後者は三千五百ドル。相応の値段だ。『すばらしい新世界』は、黒地にグレイでアールデコ調に地球が描かれたダストカヴァーがとても美しい。

「こんなにきれいな状態のものは滅多に見つかりませんよ」

バミューダパンツにタンクトップ、足下はサンダル姿のスタッフが丁寧に言う。

「すばらしい本ですね」と返事をすると、スタッフはその本を胸に当ててうっとりとうなずいた。

「見せてくれてありがとう」

そう言って僕は店を後にする。本というのは探している時が一番わくわくして楽しくて、いざ見つかってしまうと嬉しさ半分悲しさ半分の心境になってしまう。どこの町のどんな店にあったのかを知る嬉しさと、探す楽しさがひとつ失われたという膝を折る悲しさだ。探している本とはすなわち、いつまでも見つかって欲しくない本のことなのだ。

西の空を見ると、一面の雲が黄金色に染まっている。夕陽がまぶしい。モーテルへゆっくりと車を走らせる。光の加減で町の景色が変わり、帰り道を迷ったが、走っていればいつか着くだろうと思った。

長い一日の終わり、車のウインドウから出した腕に春の乾いた風がなびいてゆく。

不思議なことに旅先では朝食のことを考えるのがいちばんの幸せだ。今日の朝食はローズ・アヴェニューにある「ローズ・カフェ」に行ってみよう。

この店の売りは種類豊富なサラダとサンドイッチ。古いガス会社のビルをリノベートした建物も天井が高く開放的で、草花が咲きほこる中庭は隠れ家風になっている。

今朝は「ハウスメイド・グラノーラ」のソイミルクかけを選んだ。席に着いて一口食べて驚いた。グラノーラが最高に美味しい。ドライフルーツとアーモンドのバランスが絶妙で、はちみつとピーナッツバターがたっぷりしみ込んだオーツの甘さがとびきりだ。思わず目をつむって首を振ってしまう。

一気に食べてしまうのが勿体なくて、大粒小粒の混ざったオーツをスプーンでひとさじひとさじゆっくりと味わう。これから注文をしようと並んでいる人達に「ここのグラノーラは世界一だよ」と言いたいくらいだ。大袈裟なことはわかっているけれど、これは旨いよねと誰かとうなずき合いながら、この気持ちを分かち合いたい。ガラスに写った自分にさえ、僕は声をかけたくなった。

ローズ・カフェで働くスタッフの多くはラティーノだ。セルフサービスのこの店では、自分でカウンターの中のスタッフに注文をするのだが、僕のような英語の拙い外国人の言葉にさえ、にこやかに耳を近づけて聞こうとする優しさが彼らにはある。ロサンゼルスというと片やセレブとか、冷たい白人社会という印象もあるけれど、彼らラティーノの優しい人柄こそがこの町を支えているのだと僕は思う。彼らのこぼれるような笑顔と親しみに溢れた言葉に触れるだけで、朝の活力が湧《わ》いてくるし、自分も他人に優しくなれそうだ。うん、ここは好い店だ。比べる店さえ思いつかない。美味しい朝食に出会うとそれだけで一日がときめいてくる。

大事なのは人だと思う。人が生みだす風景だ。

七〇年代の初め、斬新なスケートボードのスタイルを生み出したZ－BOYSと呼ばれる若者達がいた。彼らの活動の拠点はアボット・キニー界隈だった。その時こそようやくこの町が長い眠りから目覚めた瞬間だった。九〇年代に入ると、西のはずれに「アッシェ」というオーガニック・レストランがオープンする。この一軒のレストランによって通りは完全に息を吹き返してゆく。

この「アッシェ」から「イクエーター・ブックス」までのおよそ五十メートルの間にはレストランやカフェが数軒並んでいる。歩道の半分までをパームツリーの根が占めていて、狭くてとても歩きにくい。通りには小住宅がぽつんぽつんと建ち並び、庭に咲いたヒナギクに水を撒く主婦や犬を洗うおじいさん、BMXに乗って遊ぶ子供達の長閑《のどか》な風景がある。僕はこのワンブロックほどの短い距離を、小石を拾い集めるようにして歩く。アスファルトにスプレーされたいくつものあいあい傘に口元をほころばせながら。

その先、ウェストミンスター・アヴェニューから東は歩道も広くなり、今では家具屋や雑貨屋、洋服屋、そしてギャラリーなど洗練された都会的な店々が通りの両側に並んでいる。低い家並み。等間隔で立つパームツリー。長くて広い空の下にまっすぐに延びていく道を、通りの右側、左側へと神経を行き来させながら歩を進める。しばらくすると「エンジェル・シュー・サービス」という昔ながらの靴修理店を見つけた。店自体は二〇年代から続いているというから、おそらくこのアボット・キニーで最古の店だ。

ベニヤ板で作られた看板には、靴と鍵とハンガーにかけられたスラックスの絵が描かれている。今どき珍しいオールドスタイルの看板だ。ここで二十五年働いているというジャックという名の老人に、この界隈の話を聞こうと声をかけた。軽く挨拶を交わすところまでは良かったが、町の移り変わりについて訊ねるとなぜか態度は一変。町は変わったんだ、それだけだ、ア・リ・ガート。そう吐き捨てると、さあ、忙しいんで帰ってくれとけんもほろろに追い返されてしまった。

彼のような古くからの住民にとって、町の風景が変わっていくことは、きっと何かを失っていく悲しさや憤り以外のなにものでもないのだろう。そのいらだちの矛先が僕のような外からの旅行客なのか。いずれにせよ、僕はいきなりこの町から拒まれたような気になってすっかりうろたえてしまった。

カリフォルニアが一八五〇年にメキシコ領からアメリカ三十一番目の州となった当時、ヴェニスは「鯨生息帯（ランチョ・ラ・バローナ）」と呼ばれていたそうだ。

その後、二十世紀の初め、タバコで財を成したアボット・キニー氏が「アメリカのヴェニス」としてこの一帯を運河の町へと開拓する。そしてヴェニスビーチに大きな桟橋を建造し、その上にさまざまな娯楽施設を建てていった。ジェットコースターや観覧車、レストラン、水族館、温水プールなどもあり、やがてロサンゼルスでいちばんの行楽地として栄えたが、一九四〇年代に市の公園管理局の命令によって、桟橋上の施設はすべて撤去。その頃になると運河もほとんどが埋め立てられ、七〇年には桟橋そのものが取り壊されてしまった。

ヴェニスビーチに近いエリアは今も高級住宅地として知られている。でも内陸に少し入ったアボット・キニー・ブルバードはと言えば、その後、治安の悪い物騒なエリアへと廃れていった。

そんな町の移り変わりを思いながら、僕はふっと、「ひとつの町のかたちが変わる速さは人の心も及ばない」というボードレールの言葉を思い出した。町というのは、思い出に取り憑かれた人達の心を置き去りにしつつ、つねに新しい時代のキャンバスとして思わぬ速さで姿を変えていくものなのだ。

歩道に出ると、犬と散歩する老夫婦がこちらに笑顔を向けながら通り過ぎていった。老夫婦の連れたホワイトテリアはぴんと立てたしっぽを左右に振りながら歩いている。空を見上げると燦々《さんさん》と輝く太陽が僕を照りつける。なんだか肩をぽんと叩かれたような気がした。再び歩き始めるとお腹がグウと鳴った。

昼食には通りの南側にある「アボット・ピザ・カンパニー」というピザ屋を選んだ。店のキッチンでは、ネイティブアメリカンを思わせる顔立ちの若い女性がオーブンでピザをせっせと焼いている。透き通った黒い瞳が魅力的だ。今日のおすすめは「サラダ・ピザ」とボードに書かれている。僕はその四分の一スライスを注文した。

サクサクしたクリスピーな生地にハーブがどっさりと載せられたピザは、僕のお腹を目いっぱいに膨らませた。昼にピザは重いかとも思ったが、モッツァレラチーズのせいか後味もすっきりしている。店のドアにアルバイト募集のビラが貼られている。旅先でこれを見ると毎度足を止めてしまう。ここで働いてこの町で暮らしを立ててみようかとふと思い浮かべてしまうからだ。そう思うだけで町に対する心の持ちようががらりと変わる。眼差《まなざ》しも風景からそこに日々繰り返される人々の暮らしへと移っていく。

ついさっきもそうだった。店に入ってくるなり仕事の邪魔をするように、働く彼らにしきりに話しかける若い男がいた。野球がどうのこうのと、どうでもよさそうな話だ。もちろん聞く方も分かった風で、手を止めることなく半分呆れながらもふんふんと微笑みを浮かべながらうなずいている。そのやりとりが、なんだか僕にはとっても楽しそうに見えた。毎日やってきてはひと通り話して帰っていくのだろう。こうした日々のとるに足らない、それでいて隣人同士の結びつきを感じさせてくれるやりとりに居合わせると僕は途端に嬉しくなる。そんな暮らしの中のどうでもよい一瞬が、その時々の旅の道しるべにもなっていく。

ピザ屋を出て歩道に立っていると、車を路上駐車しようとしている若い女性と目が合った。彼女は車を縁石に寄せようと何度も切り返しを繰り返している。見ていると車のリアバンパーが縁石に当たりそうだ。僕は「ストップストップ」と声をかける。彼女はゆっくりと車を前に戻し、こんな感じで大丈夫かなと不安げに僕に視線を向けた。僕は手の振りだけで大丈夫と答えた。六五年式のマスタングから降りた彼女は、ありがとうと言って急ぐように通りを挟んだヨガスタジオに入っていった。

ヴェニスビーチのお膝元だけあって、アボット・キニーには古き佳きサーフカルチャーを物語るショップやギャラリーが目につく。通りのはずれにある「ボード・ギャラリー」は、Z‐BOYSのメンバーだったレイ・フローレスが営むヴィンテージ・スケートボードショップだ。店の前のアスファルトには、十字架の中に「DOG TOWN」と彫られたサインがある。彼らがこの町に付けた名前だ。

店内の壁には七〇年代から八〇年代にかけて生産されたスケートボードが掛けられている。一番古いものはどれかと聞くと、鉄輪のスケートボードを見せてくれた。五〇年代のものだという。ウインドウに置かれた小さなサーフボードを見ていると、それはサーフボードをボディボードにカスタムした希少なZ‐BOYSオリジナルだとレイが言う。

彼はこの町をどう思っているのだろう。いわば新しい開拓者の一人でもある彼の言葉を僕は聞いてみたかった。

「この通りは」とレイは言った。「今のようにしゃれた店が出来る前から、さまざまなカルチャーが生まれては消えを繰り返してきた。きっとこれからもそれは続くだろう。だけど、俺達だけは何があっても変わらない。俺はこの場所でそのすべてを見届けるつもりさ。どうしてだって？　ここは俺のローカルだからだよ」

俺達だけは変わらない、か。ここは俺のローカルだからか……。なるほどね。僕はふっと靴修理屋のジャックの頑さを思った。

レイの店からヴェニス・ブルバードまでは廃れた空き地が広がっている。信号の先には、濁った色をしたハイウェイの陸橋と、金網で仕切られた場所に打ち捨てられたコンテナが見えるだけ。そこに立っていたら強い風がびゅうと吹いた。まるで断崖絶壁に立っているような気分になった。


そこからまっすぐモーテルに帰らず、もう一度来た道を戻ったのは「ジン・パティスリー」というカフェが気になったからだ。丁度、さっきのヨガスタジオの隣あたりだ。

入り口は小さな庭になっていて、一見、普通の民家のようだ。中へ入るとケーキやチョコレート、クッキーなどのスイーツを売る店になっている。もちろん店内でコーヒーやケーキを味わうこともできる。この店のオーナーはシンガポール人の若い女性で、日本やサンフランシスコを旅しながら菓子作りを学び、この通りに辿り着いて店を開いたのだと言う。

ガラスケースに入ったケーキはどれもが繊細で美しい。ヘルスコンシャス・カルチャーが盛んなこの町で、この店の提案する洗練されたスイーツは間違いなく町の人達の口から口へと広がっていくはずだ。この店もきっとアボット・キニーに新しい風を吹き込むきっかけになるのだろう。いつかまた訪れるのが楽しみな店のひとつだ。

通りから一本入った住宅街を歩いてみる。海辺の閑静な家並みが広がっていた。どの家もコンパクトでその佇まいはみなキュートだ。一軒一軒写真に撮って歩いてみたくなるような色とカタチと温かさがある。そして手入れの行き届いた小さな庭があり、草花が瑞々しく咲き誇っている。小さな住宅はもともとは低所得者向けのものだったのだろう。それが今や新しい住民達によって、このロサンゼルスという大きな大きな町の中で、小さな小さな暮らしの場となっている。見上げると、背の高いパームツリーのてっぺんに登り、葉を切り落としている作業員が僕に向かって手を振っていた。平屋建ての共同住宅の窓に「貸します」というビラが貼ってある。見ると一ヶ月の家賃は千二百五十ドルだった。

ロサンゼルスという町でアボット・キニーのように歩いて廻れるエリアというのは珍

しい。そしてまたローカルなコミュニティが育ちつつあるのも稀な例かもしれない。この通りに人気のコーヒー・チェーン店が出店しようとしたところ、地元住民の反対署名運動によって出店を果たせなかったという話は有名だ。

そのたかだか数百メートルの通りから、ある種のざわめきが波のように押し寄せてくるのを僕は歩きながら確かに感じた。変わりつつあるエリアは歩くたびに発見がある。耳をすまして歩く楽しさに満ちている。


そこには生き生きとした風が心地よく吹き込んでいた。町は地図になってノートに刻まれていく。


「ロサンゼルスの郊外に奇妙な博物館があるから絶対に観たほうがいい」

旅の直前、旧知の友人が僕にこう言った。「ジュラシック・テクノロジー博物館」という個人経営の博物館だった。調べてみると、場所はロサンゼルスの南西に位置するカルヴァーシティー、ヴェニス・ブルバード沿いとわかった。

滞在四日目の午後、僕はこの博物館へと出掛けた。住所を手がかりに探してみると場所はすぐに見つかったが、あまりにもこぢんまりとした建物だったので意表をつかれた。目の前はバスの停留所になっていた。街路樹から伸びた枝葉のせいで建物全体が暗い影で覆われている。バスを待つ人々はここが博物館であることにすら気づいていないようだった。二軒隣のタイ料理レストランからナンプラーを焦がした匂いが立ちこめていた。

重々しいドアに近づくと呼び鈴のブザーがあった。それを押そうかと戸惑っていると、すぐ横の壁に埋め込まれた小さなディスプレイに気がついた。のぞき込むとそこには小さな白い壺の上にガラス細工のような蛾がいくつも浮遊している。僕にはそれが何を説明しているものなのか皆目見当がつかなかった。

ブザーを押しドアに手をやる。ドアはすうーっと自動ドアのように開く。怖々と中をのぞくと、真っ暗闇に人の良さそうな青年の姿がぼんやりと浮かんでいる。ハッと一瞬息を飲んだが、真っ暗闇というのは気のせいで、太陽の照りつける表から薄暗い中を見たのでそう見えただけだった。

「ハロー」と小さな声で青年が挨拶をする。「ハロー」と僕も挨拶を返す。受付に小さな机があり、そのまわりがミュージアムショップになっている。

「入場料は寄付金扱いで五ドルになります」

青年がテープレコーダーのような口調で言う。僕は言われるがままにお金を払う。

「ここも少し見せてもらってもいいですか？」と聞くと「もちろんです」と青年は答えた。

ミュージアムショップで販売されているのは、数種類のオリジナルTシャツとポストカード、銅で出来た古代の剣、お守りのような石、世界の七不思議的な書物だ。うーん……。足早に展示室に向かおうとすると、受付に座った青年の足下にアコーディオンが裸で置かれているのが見えた。七不思議などよりも、僕にはそのアコーディオンの方がとても不思議なものに思えた。

博物館の中は、薄暗くいくつもの小さな部屋で仕切られたまるで迷路の館だ。子供の頃、遊園地で入ったお化け屋敷を僕は思い出す。展示されているのはどれもが小さなガラスのケースや壁に埋め込まれたものばかりで足を止めて見ただけでは、それが何なのかわかるものはひとつもない。

例えば真っ暗なケースの中に、ほんの小さな甲虫の標本がある。そして、それとほぼ同じサイズの小石の標本が横に並べられている。ケースの横には受話器があり、それを取って耳に当てると、「チーーーーーーッ」というわずかな音が聞こえた。書かれた説明を読むと、それは甲虫が驚いた時に発する鳴き声だとあった。その隣にも小さなボタンがあり、それを押して受話器を耳に当てると、こんどは「ツーーーーーーッ」というわずかな音が聞こえる。これは小石が静止している時にたてる音だという。この展示には「身を守るための音声による擬態」というタイトルが付けられていた。

「異臭蟻」と名付けられたケースには、細い釘のようなものが頭から突き出た蟻の標本が置かれている。

　この蟻は熱帯雨林に生息する種で、人間の耳にも聞こえる鳴き声を発するのだという。ある時期になると森林に存在するトメンテラ属菌類の胞子を体内に取り込む。その胞子は蟻の脳を支配し、やがて蟻は熱帯雨林の地表を離れ、シダなどの植物の茎を上へ上へと登り、ある高さまで登り詰めると、大顎をその植物に突き刺し、体を付着させたまま死を待つのだそうだ。

　ところが胞子は蟻が死んでも生き続け、脳髄を食い尽くすとやがて残った体全体までをも食い続け、およそ二週間後にはかつて蟻の頭部だったところから釘のような突出物を生やすのだという。成長した釘の頭部には新たな胞子が生まれ、その胞子は森林の地面に向かって、新たな異臭蟻へと注がれるという。植物の茎に付着し異臭蟻の頭から釘の頭が生えた実物の写真は、ミュージアムショップに置かれたポストカードにもなっていた。

　展示は他に、ある女性の頭から切り落とした実物の角《つの》や、夜尿症を治すために食べるという、トーストの上に二匹のネズミを置いた「ネズミパイ」の模型、そして風邪を引いた時に良く効くという、生きたアヒルやガチョウの嘴《くちばし》を口に含んでそれを吸入するという方法を説明した模型など、奇妙というよりどう見ても不気味なものが淡々と続いていく。要するにここは博物館という名の世界秘宝館であり珍品コレクション館なのだ。

最近増設されたという二階の展示室は、宇宙へ行った犬の肖像画だけを集めた厳かな小部屋になっていた。

この博物館の展示をひとつひとつ見てまわるには一日では到底困難だし、ましてや理解することは何日かけようとも不可能だ。一週間通い詰めて、膨大な博学を吸収した上でこの博物館の虜《とりこ》になるか、もしくは何も信用できなくなるかのどちらかだろう。友人がなぜ僕にここを薦めたのかと考えた。友人はこうも言っていた。

「きっと気に入ると思うよ」

なるほどね。実を言うと僕は心からこの博物館が気に入っていた。

不気味な展示ばかりかと思うと「マウント・ウィルソン天文台への書簡」といった興味深いものもある。これは一般から郵送されてきた、天文学に関するさまざまな投書を蒐集し展示したもので、例えば「地球は本当は平らである」「太陽が地球のまわりを回っている」といった、歴史上もみ消されてきたあらゆる仮説や新説が披露された発見の宝庫。そんな世界不思議発見的なコレクションに大まじめに焦点を当て、卓越した展示技術と映像表現を駆使した博物館がジュラシック・テクノロジー博物館なのだ。

ある意味で言えば偉大で壮大なこの博物館を作ったのはどんな人なのか。そのことが知りたくなって受付に戻って青年に訊ねると、館長はデヴィッド・ウィルソンという人でもうすぐここにやってくると言う。僕はぜひ彼に会いたいと思い、しばらく待ってみることにした。

青年の足下にはずっとアコーディオンが置かれていた。

モーテルから街の北にあるメキシコ人街、エコー・パークに向かう。すぐ近くのシルバーレークと同じく、このエリアには数年前から若いクリエイター達が移り住み、インディペンデントなショップが増えている。トラックに映像機材を積み込み、映画館のない地方を回りながら映画上映会「マイクロ・シネマ」を催し、また映画制作のワークショップを行っているNPO「エコー・パーク・フィルム・センター」もここをベースにしている。

ビルボードで有名なサンセット・ブルバードのはずれが町への入り口だ。ウエストハリウッドから車で三十分、エコー・パーク・アヴェニューへとゆるゆると車を進めながら、僕は車が停められそうな場所を探す。

佇まいからしてゆるそうなカフェ「チャンゴ」がブロックの角にある。思わず目を細めたくなるようなやわらかい陽だまりに包まれている。並びには数軒の古着屋や雑貨屋があり、店の人達はみな歩道に出て、のんきに立ち話をしていた。

裏返しにしたジーンズをショーウインドウにぽつんと置いた「ワーク」という店に入ってみた。ハンガーにジーンズが二、三本掛けられ、ロフト風の二階には大きな工業ミシンが二台置かれている。

「ここはジーンズ専門店?」と店の青年に聞くと、「昔のテイラーのように完全オーダーメイドのジーンズ屋だよ」と教えてくれた。彼の名はロビーと言った。ブライアンという友人と二ヶ月前にはじめたばかりの店だという。店は簡素で清潔だ。

「頼むと何日で仕上がるの?」と聞くと「そうだね、普通は四日くらいかな」との答え。店の前には彼の飼っている大きな犬が寝ころんでいる。

「どうしてここに店を開こうと思ったの?」

「ここだけがロスっぽくなくてさ、特にこのブロックはのんびりしてて良かったんだ」

今朝もサーフィンをしてから店に来たとロビーははにかみながら言う。彼の履いたジーンズはこの町の雰囲気のようにゆるくて和やかに見えた。

「ショー・ポニー」は、乙女の引き出し的な雑貨やアクセサリーを売る注目のガーリーショップだ。店主のキミー・ビュゼリはアーティストとしても活動し、実をいうと僕は彼女に会えるのを楽しみにしていた。ところが残念なことに、今日はドアに鍵がかかったままだ。

〈風邪を引いてしまって今日はお休みします〉と書かれたメモがガラスに貼ってある。そのクセの強い筆跡は、確かにフライヤーなどで目にしてきた彼女自身のものだった。

このブロックには若いクリエイターが開いた店が五、六軒集まり、ちょっとしたローカルコミュニティになっている。その親密な雰囲気が心地よく、自分にしてはめずらしく「何かを買って帰りたい」という気持ちが湧き上がった。「ハン・チョロ」というストリートファッションを売る店で、「LOS」という文字の入った決して履かなそうなスポーツソックスを買う。二十五ドルの無駄使いに苦笑い。

チャンゴに戻って、チャイを注文し、外のテーブルで足を休める。

今日も太陽の光が燦々と降りそそぐ一日だ。夜はきっと星がきれいだろうな。僕はノートを取り出し、白紙のページに一本の線をペンで引く。そしてその余白にいくつもの風景を描いていく。それは地図を描くというよりも、この町を言葉に置き換えてゆく作業に思えた。

エコー・パーク・アヴェニューからフィルム・センターまで歩く。サンセット・ブルバードまで戻り、アルバラード・ストリートを曲がるともうすぐだ。あたりにはメキシコ料理のレストランや雑貨屋が並んでいて物見遊山な気分で楽しくなってくる。

フィルム・センターは健在だった。主宰するパオロもリサも元気だった。ところが隣にあったヒップホップと反権威主義的革命精神に溢れたインディペンデントな本屋「33 1/3ブックス&ギャラリー」が移転していた。その理由をパオロに聞くと、このエリアも昔に比べてどんどんと地代家賃が上がっており、理不尽な家賃の値上げに従順に従うくらいなら出て行くよ、ということになったらしい。幸いにもフィルム・センターは自治体からの寄付金や、市から与えられる支援金のおかげで留まることができたが、それでも値上げ反対の署名運動などを相当展開して頑張ったという。

ついでに教えてもらったメキシカン・ファストフードの「ロデオ・メキシカン・グリル」でランチをとる。ファストフードと言いながらも、アボカドがたっぷりと入ったトルティーヤスープと、程よい辛さのサルサソースのかかったチキン・ファヒータの美味しさは本格的だ。その量に驚いたが残さずに食べてしまう。タマリンドジュースを生まれて初めて飲んでみた。さつまいもの懐かしい味がした。これまた美味。

車を停めた場所に戻る途中、サンセット沿いに「シー・レベル」というレコードCDショップがあった。ここもまたローカルコミュニティを担った場所だ。アコースティックで何かおすすめはないかなあと、店員の若い女性に聞くと、悩む事なく「Mt. Egypt」というアーティストのアルバムを薦めてくれる。元プロスケーターのトラヴィス・グレイヴスがバンド名義でリリースしたアルバムなのだそうだ。早速買った二枚を車のなかで聴いてみる。若い頃のニール・ヤングを彷彿とさせるような美しい声だった。

まぶしい夕焼けの中、メロウな曲に乗ってモーテルへと帰る。

少し前にバークレーの本屋で手に入れたリトルプレスがある。装丁に活版印刷を使った二十ページほどの小冊子で、短編小説を一話だけ収めている。小粋なデザインの表紙が美しい一冊だ。

そのリトルプレスを作っている「クローバーフィールド・プレス」が、シルバーレークにあると知って連絡をとった。どんな人が、どんな風にこの本を作っているかを僕は知りたかった。何よりもその名前が僕好みだった。

教えてもらった住所を訪ねるとピンク色の可愛らしい一軒家が見つかる。

家の横のガレージに男性の姿が見えたので声をかけると、連絡を取りあったマシューだった。背が高く笑顔が素敵な人だ。手を伸ばして挨拶をすると、キッチン裏のドアから二人の女性がにこやかに現れた。クローバーフィールドはこの三人によって作られた出版社だ。

裏庭のガレージに大きな洗濯機二台分くらいの機械がある。さまざまな大きさの鉄輪とベルトが複雑に入り組んだ、横から見るとロボットのような機械だ。

「これが活版印刷機？」と聞くと、「そうよ、これで本の表紙を作っているの」とエレノアが教えてくれた。

彼女はインクの染みがたくさん付いたダボっとしたオーバーオールを着ている。活版製作と印刷が彼女の仕事だ。そしてこの家は彼女の自宅だった。

「ちょっと待ってね。今動かしてあげるから」

エレノアはそう言って機械のスイッチを入れて、どのようにして表紙の紙に活版が刷られていくのかを見せてくれた。印刷機はまるで生きているかのように、よいしょよいしょと動いた。

「この機械はどうやって手にいれたの?」と聞くと、eBayでコンディションの良いものをやっと見つけて、わざわざシアトルまで車で引き取りに行ったと言う。眩しい陽射しに包まれて動き続ける活版印刷機をエレノアは愛おしそうに見つめている。

「さあ、こっちで話そうよ」

マシューはキッチンルームに僕を誘った。テーブルには朝食の後の、食器やナイフやブレッドボードなどが散らかったままだった。エレノアは「ごめんなさいね」と恥ずかしそうに言った。でもこんな風に散らかっている方が僕には落ち着けたし、人の家に呼ばれてキッチンで話をするのは気を許し合った仲のようでうれしかった。

キッチンの横に置いた小さなテーブルを囲んで僕らは話しあう。エレノアは冷蔵庫に寄り掛かったまま。まずはクローバーフィールドのはじまりからだ。

手本になっているのはヴァージニア・ウルフ夫妻が自費出版していた、作家と芸術家をコラボレートさせた特装本なのだという。

「小さくて、ページ数が少なくても、美しい本を作れば本の好きな読者は手に取ってくれるだろうし、美しい本であれば、作家もその一冊として自分の作品を発表したいときっと考えると思うの」

マシューのパートナー、ロランスが言う。

「何より僕らは美しい本を作ろうと思ったのさ。美しい本は装丁が重要だから、その装丁だけは他に真似の出来ないクオリテイの高いものにしたかったんだ。そして一冊の本を作るにはそれ相応の時間もかかる。今の出版業界のスピードはあまりにも速すぎると思う。僕らは本作りの時間を作家やアーティストとじっくりと楽しみたいんだ」

手順としては、まず作家の作品が決まってから、装丁デザインをアーティストに依頼し、原版から実際に活版をいくつか作って試しながら、表紙を作っていく。本当に手間ひまをかけて一冊が出来上がって行く。

「ページ数が少ないから中綴じの本にしかできないのだけれど、背表紙がないと本屋でも本棚に差してくれないからね。それが今の悩みの種。これからはほんの僅かでも束を持った本を作りたいね」

真の愛書家は美しい装丁の本に目がない。作家もまたそのほとんどが愛書家である。まずは作家に気に入られるような美しい本を作れれば、こちらから声をかけなくとも作家の方からアプローチしてくることだってある。

クローバーフィールド・プレスで出版してきた本は、それぞれがすべて六百部限定だという。自分たちのホームページとアメリカ各地の独立系書店で販売していて、最近ではアマゾンでの販売も始まった。短編小説を専門にしているのは「作家の魅力は短編小説にこそあらわれるから」だというマシューの言葉に僕もうなずく。

ちょうど新しい本の製作をしているところだと言って、一冊のダミーを見せてもらうと、ハルキ・ムラカミの名前が見えた。映画化もされた『トニー滝谷』の英語版だ。エージェントを通して作家にオファーをするとすぐに快諾してくれたらしい。三人ともそれがとても嬉しそうだった。すでに刊行されている『The Boy from Lam Kien』のミランダ・ジュライも、アメリカで注目を浴びているアーティストであり作家であり映画監督の一人だ。

「三人で作った出版社だから、三つ葉のクローバーの名前をつけたんですか?」

最後に僕がそう聞くと、「いやいや、名前をどうしようかとずっと考えていた頃、車でフリーウェイを走っていたら『クローバーフィールド』という通りの名が見えたんだ。いい名前だし、語呂も良かったし。反芻してみると、大きくもあり得るし、小さくもあり得るような言葉の感じが気に入ったので、そこから拝借したのさ」

マシューがクスクスと笑いながら言うと、他の二人は手を叩いて笑う。「本当?」と聞くと「ええ、本当よ」とロランス。どんな話をしていても彼らのまわりには笑い声が絶えない。

帰り際、庭一面にレモンの木がひろがっているのに気がついた。淡々とした緑葉の中に黄色いレモンがいくつもなっている。

振り返ると三人が並んで手を振ってくれている。レモンのように清らかな笑顔だ。

朝食をとらずにサンタモニカのメイン・ストリートで開かれる朝市へ出掛ける。今朝のあたたかさは半袖一枚で歩ける、まさに「ビューティフル・サンデー」だ。

ダウンタウンを除いて、ロサンゼルスには高い建物が少ない。そのためか街の景色の半分を空が占めている。部屋の窓から見えるのも、外に出てまず目にするのも空だ。ロスで僕は空ばかり見ている。そして窓にかかったカーテンに浮かぶふんわりとした日の光。街路に照りつけるまぶしい陽射し。夕方になると目に射し込む夕焼け。ロスで僕は光ばかりを追う。

朝市はすでに買い物客で賑わっている。産地直売の野菜や果物、焼き立てのパン、作り立ての総菜などの小さな露店が敷地いっぱいにひしめきあっている。歩き出してすぐに「ああ、なつかしいなあ」と感じたのはどの店からも香ってくる土の匂いのせいだ。

家族総出で自分達の手がけた食材を売る農家があちこちに出店している。小さな女の子がリンゴを売り、おばあちゃんがジュースを絞り、お父さんとお兄ちゃんがトラックから荷下ろしする姿は、ほほ笑ましいばかりでなく平和を絵に描いたような風景だ。そこで飛び交う家族同士の会話についつい足を止めて耳を傾けてしまう。娘に叱られる嬉しそうな父親の姿を何度見かけたことか。

今日の朝食はフレンチクレープの専門店「アカディ」と決めていた。が、そこに行き着くまでに、ドライフルーツやオリーブオイル、自家製防虫薬といったあれこれを買い物してしまい、すでに両手はふさがれている。

朝市の楽しみは売り手とのやりとりだ。にんじんひとつを買うにしても対話というささやかなおまけがついてくる。というか、対話のおまけににんじんがついてくると言ってもいい。

どこの店も試食は当たり前なので、話のついでに薦められるまま食べていると、いつの間にか満腹になってしまう。それはそれで朝市ならではの幸せなのだが、ここでしか食べられない朝食メニューを前の晩から楽しみにしてきている僕にとっては複雑な心境この上ない。

テントの下で三人のシェフが次から次へとクレープを焼いているアカディの前にはすでにずらりと客が並んでいた。僕は、バターとレモン果汁、ジンジャーが乗ったシンプルな三ドル七十五セントの「イングランド」というクレープを選ぶ。店の前のコーヒースタンドでチャイを買って、みんながそうしているように日なたの芝生に腰を下ろす。扇型にたたまれた湯気の上がったクレープに唾をごくんと飲み込んだ。

朝市にはきれいな人達が集まるというのはその通りだと思う。青空の下、どの店にも女性の働く姿があり、彼女らから素朴な笑顔を向けられると一目ぼれしてしまうようにドキドキする。土や植物、命あるものに触れる人達はどうしてこんなに清々しいのだろう。この場にいるだけでも身も心も洗われるようだ。

後ろ姿のかわいい親子がロウ・フードの店で買い物をしていた。ロウ・フードというのは、有機栽培の野菜や果物を中心に火を一切使わずに料理したものだ。

つられて店をのぞくと、そこはサンタモニカにある「ジュリアーノズ・ロウ」というレストランの出店だった。もう少し何か食べたいと思っていたので、小さなキャベツの葉をお椀にしてチリを盛りつけた八ドルの「ヴェジタリアン・チリ」を買って食べる。辛さと味に深みがあって美味しかった。気がつくと近くの芝生ではジャズバンドの演奏が鳴りはじめ、集まった人達の唄ったり踊ったりが始まっている。朝市でのひと時はゆっくりと午後へと流れていく。

日はもう暮れかかっていたから、日曜日のチャイナタウンなどどこの店も閉まっていると思った。しかし、そこに風景があるなら少しでも歩いてみたい。

地図もなく、案内もなく、街角の中国語だけを目印にぶらりと歩いていく。裸電球が吊り下がった路地を右へ左へと入ってみたり、建物の隙間を縫うように歩きながら、この知らない横丁の奥へ奥へと入っていく。

突然、映画のセット村のような路地にたどり着いた。真っ赤な明かりに包まれた一画には、いくつかの店があるだけで人影がまったくない。ぼんやりと提灯が揺れている。その奥に「ハッピー・ライオン」「ブラック・ドラゴン」という名のそれこそ作り物のような真新しい看板が見える。白日夢の景色を歩いている。そんな錯覚を覚えた。

格子窓の店をのぞいてみる。現代美術のギャラリーだ。その他の店も覗《のぞ》いてみたが、どれもギャラリーやアーティストのアトリエだったのには驚いた。ここはチャイナタウンの中にある現代美術のギャラリー街だった。

「チャンキン・ロード」と壁に記されている。しんとしていたかと思うと、背中越しに子供の遊ぶ声が聞こえる。振り返ると数人の子供が、ギャラリーやアトリエの中を遊び場のようにして走りまわっている。子供達を叱る中国語が聞こえる。子供達は遊びをやめずに走り去っていく。

路地はまたしんとなった。視線の先にぼんやりと薄明かりを放つウインドウが見えた。軒下には黄色い風鈴のような飾りがぶら下がって揺れている。僕は見るからに他と違ったその薄明かりに誘われるようにして近づいていく。そこは中国の民芸品や仏像を扱う

「フォングス」という名の店だった。

足を踏み入れると仏像や根付などが所狭しと並べられている。古い骨董品のような物もある。開いていた入り口からそうっと入って、後ろ手にしながら並べられた小物を見ていると、店の奥から老人がよたよたと歩いてきた。

「こんばんは」と声をかけると、にこやかに笑ってうなずいた。僕の顔をじっと見るから黙っていられず、「おいくつですか？」と聞くと、老人は「わたしは九十八歳」とはっきりとした声で答えた。ここは自分の店ではないが今日は留守番で来ているのだという。そして、ここはもともと自分の父親が一代で築いた店だといい、店の奥に飾ってある父親の写真を見せてくれた。それは老人より遥かに若い男の写真だった。

僕が日本人だと知ると、老人は震えた手で僕の腕をつかみ、何かを一生懸命に話そうとするのだが、老人の話す小さな声と不思議なアクセントを持った言葉が僕には聞き取れず、老人が何を伝えようとしているのかわからない。それでもうんうんとうなずいていると老人は嬉しそうに微笑んだ。

店を後にしようとした時「ありがと」という日本語がかすかに聞こえた。僕は後ろを振り返らずに歩いた。宵闇の降りたチャンキン・ロードにはやっぱり人影はなかった。

満月の月だけがぽっかりと夜空に浮かんでいた。

PARIS

パリじゃなくオベルカンフへ。「パリ再び」と熱が上がったのには理由があった。オベルカンフという街を歩きたかったのだ。なので旅は「パリへ行ってきた」というより「オベルカンフに行ってきた」というのが本当だ。

オベルカンフを知ったのは五年くらい前のこと。もともとは小さな工房が軒を連ねるアラブ人街だった。家賃が安かったため若いクリエイター達がこぞって移り住んだことをきっかけに、カフェやバー、雑貨店などが次々と生まれ、一時はパリの流行発信地といわれるまでのスポットとなった。しかし最近はその流行も下火となり、街の落ち着きを取り戻しているという。

歩きはじめてすぐに感じたのは、オベルカンフの雰囲気がサンフランシスコのノースビーチと似ていることだ。オベルカンフのある十一区はパリで一番の人口密集地。そのため人と人、道と道、建物と建物が繋がりあったコミュニティがいくつも根づき、個性的な人々の、個性的な暮らしが、街の様々な景色となって表れている。アフリカンな音楽が聞こえたかと思うと、アラブ語のラジオが鳴り、ピアフのシャンソンが流れるというように、ここはまさに多国籍な人種のるつぼだ。

人気の火付け役となったのは「カフェ・シャルボン」。飲み屋を兼ねた古い炭屋をそのままに改装したこのカフェは、ノースビーチの「カフェ・トリエステ」同様、年寄りから若者までが安心して集える街の灯を担っている。店の団欒は平日だろうと休日だろうといたってのんびりしている。

メトロ三番線パルモンティエ駅と、二番線メニルモンタン駅をつなぐオベルカンフ通り。そしてオベルカンフ通りと平行するジャン・ピエール・タンボー通り。そのふたつの通りをつなぐサン・モール通りをいわゆるオベルカンフと呼ぶ。さあ、もっと歩こう。

パリ右岸、バスティーユ広場の北。パルモンティエ駅のオベルカンフ通りに立つと、道がまっすぐに伸びて登り坂になっているのがわかる。見渡せば、遠い坂の上の日だまりがきらきらと眩しく光っている。この界隈はパン屋やチーズ屋、スーパーや花屋などが軒を連ねる庶民的なエリアで、大抵のものが手の届くところにある便利な街だ。横丁をのぞくとブロカント（アンティーク屋）がちょこちょことあって、右へ左へとそぞろ歩くのがすこぶる楽しい。坂を登りきったパルモンティエ駅からメニルモンタン駅あたりまで行くと、オベルカンフの愛称である、いわゆる「飲み屋街」へと入っていく。カフェやバーがそこかしこに見つかり、日が暮れるとにぎやかさを増す不夜城だ。ディープなジャン・ピエール・タンボー通りを歩いた。モスクもあり、アラブ人が一気に多くなる界隈だ。サン・モール通りで買った一口サイズのアルジェリア菓子をむしゃむしゃ食べながら、あやしい水煙草サロンを横目に歩き、足休めに入った「テ・トロック」には驚かされた。そこはロバート・クラムやフリーク・ブラザーズばかりを集めたアシッド系コミック書店であり、世界の茶葉をメニューにしたティーサロンでもあった。店の壁には七〇年代のグレイトフル・デッドのコンサートポスターが貼りめぐらされている。店主はインドからアフガニスタン、日本へと十年かけて旅を続けたというゲイリー・スナイダー似のフェリッドさん。彼が丁寧に淹れてくれたローズティーは、口に含むとほのかに甘く、心地よい眠りを誘うような味わいだった。オベルカンフの面白さは思った通りだ。

ここは好きだと思うよ。

パリの友人にそう聞いて向かったのは、オベルカンフ通りの東、ジャン・ピエール・タンボー通りへと抜けるモレ通りにある古着屋「カサブランカ」だ。この通りはいたって静かでのんびりとしている。わくわくしながら店へ行くと、なんと閉まっていた。今日は休みかと残念がっていたら、犬を連れた女性店主が足早にやってきた。そして「風邪気味で遅刻しちゃった」と申し訳なさそうにいいながら、シャッターではなく、木の板で出来た昔ながらの雨戸を手早く片づけて店を開けてくれた。

店は古着屋というより、遠い田舎街の寂れた洋品店のようだ。三〇年代から六〇年代にかけてのクラシカルなワークウエアのデッドストックが所狭しと積まれ、古き佳きフランスのノスタルジックな婦人服などがぎっしりと棚にあった。店に置かれたマネキンもおそらく三〇年代のものだろう。無造作にハンガーに架けられたシャツを手にとると、「それは二〇年代にフランスの農夫が着ていた労働着よ」と店主は言った。小さめの襟でお尻が隠れる着丈のコットンシャツだ。まるでミレーの落ち穂拾いの世界だ。僕はその質実剛健な風合いに魅かれ買うことにした。三十ユーロのお代を払っていると、カウンターの後ろの壁に掛かったフェルトハットが目に入った。見せてもらうとこれまた三〇年代のボルサリーノだという。被ってみるとぴったりだ。「最もフェルトの質が良かった時代のボルサリーノよ」と店主は微笑みながら、帽子に積ったほこりを手ではたいた。ふと外に目をやるとぱらぱらと雨が降り出している。「雨が降ったら傘を買わずに帽子を買え」。ふとそんな台詞が頭に浮かび、「ボルサリーノも下さい」と言うと「良く似合ってたからねえ」と店主は頷いた。九十ユーロだった。

カサブランカを出ると雨足は強くなっていた。僕はボルサリーノを目深に被って街を歩き続けた。その帰り道、何度も帽子のつばを指で触ってフェルトの感触を楽しんだ。こんなに嬉しい買い物は久しぶりだった。

オベルカンフもいいけれど、どうしても気になるパリの書店巡り。随分前からいつかパリの書店ガイドを作りたいと思い続けているが、なかなかそのきっかけが摑めない。パリには新刊、古書を扱う書店がとにかく実に多い。少し前にソルボンヌ近くのホテルに泊まったことがあるが、どこの通りにも学校があり書店があった。古書店に絞ってリストを作ってみても、十七世紀文学から初版本や限定本、原稿や手紙、新聞や雑誌というように、専門ジャンルが多く、範囲をどのように絞れば良いのか頭を悩まされる。

有名なのはセーヌ川の両岸にある露天の古書店だ。掘り出し物こそ少なくなったが相変わらず盛んである。もちろんここにも専門がある。ノートルダム横の左岸から学士院あたりまでの露天が充実していて、右岸の方は品が落ちるような気がする。桜舞うセーヌを友人と散歩しながら聞いた話では、この露天の権利はパリ市が管理していて、取得するには随分と高い権利金が必要のようだ。しかし空き待ちの列が途絶えることはないという。権利を手にすると、前の持ち主の本ごと買い取るのが習わしで、つい最近そんな世代交代の中、なんと国宝級の希少本が何年も気づかれずに露天に眠っていたというニュースがあったそうだ。

僕が好きなのは、土日のみヴァンブ近くのジョルジュ・ブラッサンス公園で開かれる野外古書市だ。ブラッサンス公園横の広い敷地に百あまりの古書店が集い、店主がワイン片手にのんびりやっている光景はのどかでいい。文学や歴史の本がほとんどだが、児童書や写真集、アート本も丁寧に探せば安く見つかるだろう。クリニャンクールにも「リブレリー・ド・ラヴェニュー」といった大型古書店をはじめ、良質な古書店が数軒ある。僕のようにイラストや写真、デザインが美しい本を探す者にとっては、ヴァンブやクリニャンクールの蚤の市を歩いて探すほうが良いかもしれない。パリに五軒も支店がある「モナリゼ」は、ヴィジュアルブックのデッドストック書店としてコレクターに重宝されている。

「シェイクスピア・アンド・カンパニー」を抜きにパリの本屋は語れない。一九一九年、アメリカ人牧師の娘シルヴィア・ビーチが、フランス語ではなく英語の本のみをセレクションしてスタートしたシェイクスピア・アンド・カンパニー。彼女は以前から、女友達であり書店店主だったアドリエンヌ・モニエの店で開かれるアンドレ・ジイドやジュール・ロマン、ポール・ヴァレリーらの朗読会や、エリック・サティやフランシス・プーランクの音楽会といった、新しい書店活動に触発され、いつか自分も本屋を開きたいと心に決めていた。デュピュイトラン通りに開いた店は当初、貸本主体だった。

彼女はパリの古書店からだけでなく、アメリカ、ロンドンへも本を買い集めに行った。ロンドンではハロルド・モンローの詩の専門書店や、エルキン・マシューズの書店を訪ね、イェイツ、ジョイス、パウンドらの詩集を主に買い集めた。店にはマシューズから購入したウィリアム・ブレイクが描いた絵、そしてウォルト・ホイットマン、ポー、ワイルドの写真が飾られた。その後、ビーチは検閲対象になっていたジェイムズ・ジョイスの『ユリシーズ』を自分の本屋から発行しようと尽力し出版を果たす。驚くことに開店からたった三年後のことだ。店には、ジョイスだけでなく、多くのアメリカ人、そしてフランス人の作家や詩人達が訪れるようになり、二〇年代のアメリカ文学のヨーロッパにおけるセンターとなった。しかし四一年、店は戦争に巻き込まれ悲しくも閉店。

現在あるシェイクスピア・アンド・カンパニーは、シルヴィア・ビーチの精神を引き継いだイギリス人のジョージ・ホイットマンが五一年にセーヌ左岸ノートルダム近くで開いたものだ。店内には旅人が寝泊まり出来るベッドが今でも残され、新しい作家をサポートした本のセレクションも、世界中から訪れる読書家から多大な支持を受けている。店の所々に「シティーライツ・ブックストア」のサインがあることを、店番をする長いブロンドヘアの女の子に聞くと、運命共同体として手を結んでいるのだという。パリとサンフランシスコが本屋で繋がったことに、僕はとびきり嬉しくなった。

楽しみにしていたのは、ビストロ「シェラミ・ジャン」での夕食だ。六〇年代に活躍したフランスの風刺漫画家シネのイラストが、店のカードやお皿に使われているビストロがあると噂で聞いたからだ。

パリでは今、才能ある若いシェフが抜群に美味しい地方料理を食べさせる、昔ながらのビストロが注目を集めている。バスク料理を売りにしたシェラミ・ジャンも予約無しでは入れない人気だった。店は七区のアンヴァリッド近くの路地にひっそりとあった。扉を開けると、きびきびと働く給仕たちから笑顔で迎えられ、初めて訪れた緊張がやんわりとほぐれた。とても感じがいい。

メニューに目を落とすと、バスク人は食いしん坊というだけあって、海の幸、山の幸と多彩な料理がさすがに豊富で迷うばかり。大西洋に面したフランスとスペインにまたがるバスクには、赤・緑・黒・白の四色のソースがある。赤は赤ピーマン、緑はパセリ、黒はいか墨、白は油と出汁を乳化させたもの。これらのソースに鱈《たら》やメルルーサといった魚を組み合わせたものが伝統的なバスク料理だ。

僕はアペリティフをセルドンに、アントレを小さなイカにトマトと赤ピーマンを添えたグリルと、白アスパラガスのイギリス風ビネガーソース和え、メインに手長エビの網焼き塩バターソースを頼んだ。オーダーを済ませて安心し、「プージョラン」の美味しいパンをちぎって食べていると、次々とお客が入ってきてあっという間に店は満席になった。

店の名の由来と、シネとのつながりについて店のスタッフに訊ねると、前オーナーのジャンさんの親友だったシネが、コック服を着たジャンのイラストを描き、そこにラミ・ジャン（友達のジャン）と書き記したことがはじまりらしい。店をそのまま引き継いだ現オーナーは、ステファンさんというブルターニュ人で、今夜も厨房で料理に腕をふるっているとのことだ。

料理はどれもが素朴な味わいで美味だった。バスク料理の神髄、気取らず飾らずの男の料理に大満足。デザートに頼んだチェリージャム添えのライスデザートは、隣のテーブルにいた老夫婦がすすめてくれた通り、締めには最高だった。外に出るとエッフェル塔のネオンライトが星のようにきらめいていた。

昨日会ったばかりの彼女と、今日も待ち合わせをしてオベルカンフを歩いた。彼女は語学学校でフランス語を学ぶ友人のルームメイトだ。忙しい友人が時間のある彼女を案内役に紹介してくれたのだ。初めて会った日、僕は泊まっていたバスティーユのホテルからほど近いマルシェで買ったイチゴを彼女にプレゼントした。

そしてその日はサン・ルイ島を歩き「ベルティヨン」のアイスクリームを二人で食べた。

会うなり僕は、先日訪れた絵本専門店「ドゥエリー・エ・シー」で見せてもらったナタリー・パランとアンドレ・ビュークレの素晴らしい絵本のことを彼女に話した。本好きな彼女はもちろんその店を知っていて「ナタリー・パランの絵はわたしも好き」と微笑んだ。この日僕らは、サン・モール通りにある、彼女おすすめのサンドイッチ屋「レ・ブッシュ・ドゥーブル」でサーモンサンドを買い、オベルカンフの小径を散歩し、シテ（袋小路になった集合団地）を見てまわった。それから大通りを少し離れた場所にあるシテに彼女の知り合いがアトリエを持っているというので足を延ばした。

アトリエはシテの一階を占めた広いスペースで絵描きという知人の作品がいくつも壁に掛けてあった。アトリエの窓やドアは開け放してあり、小枝のそよぎや春の風がささやくように通り抜けていた。アトリエに入っていくと知人は留守だった。僕らに気がついた隣の住人が、窓から顔を出して「たぶんすぐに帰ってくるよ」と言った。僕らは廃木で作ったベンチに座って帰りを待つことにした。彼女は僕の肩に自分の頭をそっと乗せて黙っていた。アトリエには燦々と陽が射し込み、中庭にある木々の影でアトリエの床に美しい模様を作っている。

「ハマムって知ってる？」

突然彼女が僕にたずねた。「いや知らない」と答えると、「イスラムの蒸し風呂だけどオベルカンフにもあるのよ。帰りに入っていかない？」と言った。彼女の顔は近かった。「うん、いいよ」と答えると、彼女は僕の手をとって立ち上がった。昨日会ったばかりの彼女と僕は、今日はじめて手をつないで歩いた。

台湾

台北は思わず歩きまわりたくなるような陽気だった。古亭という街のだだっ広い交差点で信号待ちしていると、長い髪を後ろでひとつにまとめた美人に北京語で話しかけられた。「北京語はわからない……」と片言の英語で返事をすると、微笑を浮かべて自分の手首を指差した。そうか、時間を訊いているのか。腕時計を持たない僕は、ポケットから携帯電話を取り出して画面を見せた。画面をのぞき込んだ女性は表示された時間をぽつりと呟いてから、ゆっくりとした口調で「謝謝」と言った。そして「その携帯電話、素敵ね」と流暢な英語で言い、歩き去った。話しかけられてから去るまでの間、その女性との距離のあまりの近さに僕はドキドキしてしまった。端からすれば恋人同士と見まがう近さだったはずだ。街中で何かをたずねる時、人はこれほど近づくものだろうか。その女性のなんとも言えぬ仕草の余韻が心に残り、見知らぬ街であたたかい気持ちが生まれた。ゆっくりと口にしてみると、「謝謝」という言葉はとても美しい響きがした。

一度青になった信号はまた赤になり、黄色いタクシーや群れをなしたスクーターが真っ白な排気ガスをはき出しながら、途切れることなく目の前を通り過ぎていく。

台湾を旅するのははじめてだ。はじめての旅先で見たいものや知りたいことを律儀に果たそうとしたら切りがない。着いた場所から歩きはじめて行き着くところで腰を下ろし、その途中で見つけた何かを小石のようにポケットに拾い集めて、持ち帰ればいいと思った。これほど気を楽にした旅は久しぶりかもしれない。忘れかけた旅の仕方を思い出すようだ。

宿をとった古亭は学生街のようだ。何があるかわからないが、ひとつこの街を歩きまわって地図を描いてみようか。そう思って歩きはじめた途端、大きな欠伸《あくび》が続け様に出た。

夕暮れにはまだもう少し。することもないから古亭の小道を散策してみた。小道に入ると集合住宅が所狭しと建ち並んでいた。それを見上げて歩きながら不思議に感じたのは、どの窓にも豪華で頑丈な鉄柵が付けられていることだ。鉄柵だらけの住宅はまるで監獄のように見える。その理由を土地の人に聞くと、この鉄柵は泥棒除けだと笑って教えてくれた。しかし、今の台北がそれほど治安が悪いとは思えない。きっと昔ながらの習慣なのだろう。台湾の人にしてみれば、鉄柵の無い窓は窓ではないという感覚なのかもしれない。しかし窓の外に手を伸ばせない窮屈な感じはいかがなものか。地震や火事の時、ひょいと窓から逃げられないではないかと心配になる。

師範大学という大学の周りにやってくると、このあたりで日本統治時代から残る、瓦屋根の古い日本家屋をいくつか見つけることが出来た。レンガの壁には苔がうっそうと生えていて、子供ならば「お化け屋敷だ」とはやし立てる風情を醸し出している。ほとんど空き家だということは、しげしげと中をのぞいてみてわかった。これらはいずれ取り壊されてマンションが建つという。街中のいたるところで目にする建築現場からすると、今は台北の街から古い景色が消え、新しい景色に変わろうとする丁度狭間なのかもしれない。「古き佳き日本家屋は残しておけばいいのに……」というのは観光客の自分勝手な戯言である。

路地に迷い込んでいつしか右も左もわからなくなった。標識を見ると「永康街」と書いてある。先へ先へと歩いてみる。知らない街なのに、散策をすればするほど親しみが湧いてくるこの不思議な感覚は何だろう。今日はどこまでも歩いていけそうだ。赤い提灯がぽつんと浮かんだ夕闇の路地に放し飼いの犬が駆け回っている。誰ともかまわず「ニイハオ!」と声をかけたくなった。

歩道に面した窓際のテーブルに、朝の陽射しがいっぱいに当たっている。昨晩、歩いた永康街が、思いの外にぎやかで謎めいていたので、朝食を食べながらそのことばかりをぼんやりと考えている。平日の夜なのに祭りのような光景が突然現れたのだ。小さな公園ではリズミカルな音楽が大音量で流され、それに合わせて二、三十人の中年おばさんが揃っておかしな振り付けで踊っていた。見廻すとそこかしこに行列の出来た飲食店がたち並び、子供から老人までが道ばたで無邪気にはしゃぐ姿があった。歓楽街とも違う、針が振り切れたようなあの繁華は一体何なのか……。今日もまた永康街を歩いてみようか。

朝食は宿近くの「毎一天健康餐飲」というファストフード・カフェで、ヴェジタブル・ベーグルを選んだ。一口食べてこのヴェジタブル・ベーグルのうまさに驚いた。蒸して温めたあつあつのベーグルに、レタスで包んだ野菜サラダを挟んだだけのものだが、この店こだわりの有機野菜の新鮮さも相まって、歯触りが贅沢でとびきりうまい。サザン・アイランドのドレッシングをからめたシャキシャキの生野菜をレタスで丸めてベーグルに挟んで食べるという、何てことないメニューだが、今まで食べてきた数々のサンドイッチの中でもトップに位置するご馳走である。そしてひとつ五十元（日本円で二百円）という安さ。四十元のコーヒーと合わせても四百円以下だから愉快になってしまう。

ご馳走といえば、台湾に着いた日に食べた「員林商店」という乾物屋の黒米おむすびがある。黒光りした黒米を主人がひとつひとつ丁寧に握った俵型のおむすびだ。細かく刻んだ沢庵と、甘いでんぶ、油条（揚げパン）が具に入る。真っ黒な見た目はなんとも不気味だが、柔らかさの中にあるサクサクした食感と甘くまろやかな味に、僕のあごは一瞬にして落ちた。

ヴェジタブル・ベーグルと黒米おむすび。食い意地を張って朝とおやつに毎日食べた。

二十四時間営業の本屋があると聞いたので出掛けてみた。台北の大手書店「誠品書店」の敦南店である。外観は表参道あたりのファッションビルのように洗練されている。見ていると、品のいいおしゃれをした若者がどんどんと本屋に吸い込まれていく。圧倒されて店の前でぼうっと立っていると、なんだか自分が田舎からやってきたお上りさんに思えてきた。

人口に対する書籍の出版数比率が世界一の台湾。これほど贅沢な本屋があれば、人が集まるのは当然といえば当然である。段差や小さな階段で立体的に作られた売り場にはソファがいくつも置かれ、客は思い思いのスタイルで本を手にしてくつろいでいる。ここは夜の十二時過ぎに行くともっと面白いらしい。なんとおしゃれな若者で賑わっているというのだ。深夜におしゃれをして出掛ける先が本屋というのはなかなか粋《いき》ではないか。本屋が出会いや憩いの場であり、カルチャーの中心である理想型がここにはあるのかもしれない。うーむ。『台北で生活する百の理由』という本の中で、誠品書店があげられていた理由がようやく納得できた。

本屋が元気ならば、台湾の出版業界はどうなのかと気になった。何か面白い話はないかと台北の友人に訊くと、一人で出版社を切り盛りする若者がいると教えてくれた。彼が編集し、出版する本はどれもがベストセラーらしい。連絡をしてもらうと幸運にもすぐに会えることになった。こういう気安さも台湾人の魅力である。

「レボリューションスター・パブリッシング」の黄さんは三十二歳の好青年だった。二年で四冊を出版している。「本来、出版というのは自由なものでしょう。私は本を自由に作るために一人ですべてを行っているのです。大きな出版社では時間も予算もアイデアも制限されてしまいますから」。黄さんは爽やかな笑顔でさらりと話した。今年の初めに出版した『imagine, my generation』は装幀部門でグラミー賞を受賞している。

帰り道、僕は自分が知ったつもりの台湾と現実の台湾は、実は大きく違っているのではないかと思いながら歩いた。今日の台湾は、気さくでぬくもりがありコスモポリタンな雰囲気に溢れていた。

『アルネ』そっくりの『mogu』という雑誌を発見した。手にしてみると、大きさ、紙の質感、デザインの雰囲気が、大橋歩さんが作る生活雑誌『アルネ』にそっくりだった。最新号の特集は「読書」である。クレジットに目を凝らすと、この雑誌は『アルネ』同様、個人で作って販売しているものとわかった。作っている人の顔や、言葉や考えが、手にとるようにわかるのが雑誌の魅力であり切り札であれば、『アルネ』は雑誌のお手本とも言えよう。ならば、それを手習いにして生まれた雑誌があっても不思議ではない。

僕は『mogu』編集部を訪ねてみたくなった。作っているのはきっと素敵な人達だろうと思ったからだ。ちなみに、雑誌の編集部というところは外の人間が気楽に立ち寄っても失礼ではない場所と僕は思っている。なので「ニイハオ!」とドアをノックしてみた。『mogu』を作っているのは二組の夫婦だった。彼らはグラフィックデザイナーとしてデザイン事務所を持ち、そこで働きながら『mogu』を作っている。突然の来訪に驚かれたが、日本から来たと話すと大歓迎してくれた。

「『アルネ』に似てますね」と訊くと「はい。私達は『アルネ』が大好きなのです。初めて見た時、デザインや編集方法、記事にも大きなショックを受けました。私達が読みたい雑誌はこれだ! と思ったのです。そしてこんな雑誌を私達も作ろうと決心したんです。でもまだまだ、満足出来るものにはほど遠いのですが……」。編集を担当するトムさんは、はにかみながら言った。バックナンバーを見せてもらうと、どれもが暮らしのあれこれに個人の視点からフォーカスし、センスのあるシンプルな編集でまとめられていた。台湾での人気は上々だという。

エッセイの投稿ページがあったので「僕も投稿してもいいですか?」と訊くと「もちろんです!」と笑われた。宿に帰って早速書いて送ろうと思った。

日々の仕事以外に、自分を高めていくものがあるのはいい。彼らにとって『mogu』はそういう存在なのだろう。四人の美しい笑顔がそれを静かに物語っていた。

　古亭はひとつも退屈することのない街だった。いつもと違う横丁を歩いて朝食（あのベーグルです）を食べに行くと、活気で溢れた商店街に出くわした。パイナップルやスイカを売る屋台、サンドイッチ屋（三角のやつ）、お粥やスープを売る朝食屋、八百屋など、そんなありとあらゆる店が、路上を占領し店を開いている。何から何まで丸見えで、目が合えば「ニイハオ」と言葉を交し、朝の空気をにこやかにしている。

　昔ながらの小さな印刷屋があり、中をのぞくと壁一面にいかにも古そうな活版が並んでいて口元が緩んだ。おっ、見つけたぞと思った。一歩中に入ると肌着一枚の老人が椅子に座っている。日本語で「こんにちは」と声をかけてみると「はい、こんにちは」とはっきりした声で老人は返事をした。台湾の老人は日本語を話せる人が多い。かつての台湾では日本語が公用語だったからだ。「ここで、活版、名刺、作って、もらえますか」と訊くと「名刺、できる、大丈夫」と老人は笑って答えた。ここにある活版はすべて日本語の漢字とは異なる。それがまた面白いし、古い活版を使った印刷は今や希少だ。自分の名前と住所を紙に書いて渡すと、老人はうんうんとうなずき、「わかった、明日、朝、来い」と言った。そして紙を選べと見本帳を手渡した。紙を選ぶと「明日、来い」とまた言った。代金は百枚で三百元。活版ならではの凹を強調してもらいたいので、「圧力、強く、印刷」と伝えると、老人は一瞬キョトンとしたが、活版印刷機を指差して「強く、強く」と言うと「わかった、わかった」と指で丸を作った。老人の仕事机を見ると、家族写真と孫らしき子供の写真が宝物のように貼ってあった。

古亭駅の近くをうろうろしていたら、「福州乾拌麵」という麵屋を見つけた。ちょっと食べてみるかと、店に入って乾拌麵を頼んでみる。大、小があった。朝食後だから小を選んだ。二十五元（八十円）。麵の上の具はネギだけ。ウースターソースのような汁をかけて食べろというのでその通りにすると、味はまるでソース焼きそばだった。それがまた妙にうまくて、その日から癖になって食べ続けた。

せっかく台北に来たんだから、「士林夜市」や「中正紀念堂」に行ったり、せめて小籠包くらいは食べたらと、台北の友人がすすめてくれたが、相も変わらず毎日、古亭周辺ばかりを歩いている。

龍泉街という通りの奥にこぎれいな古本屋があった。店の名は楷書で書かれていて読めない。主に英語、日本語、北京語のアートブックが整然と並んでいる。何か買って帰ろうと本棚に目をやると、長年探していたジャコメッティの作品集を見つけた。それも百五十元。こんなところで見つけるなんてと苦笑しながら店を後にする。

大通りの和平西路一段へ出て、古亭駅近くの美術用品街を歩く。四軒ほど篆刻店《てんこくてん》が並んでいる。どの店のウインドウにも大小様々な石に彫った印鑑が美しく並んでいた。感じの良さそうな一軒を選んで中に入った。あごに長いヒゲの生えた店主らしきおじさんに印鑑を作りたいと告げると、まずは石を選べと言われた。石は大きさや種類によって大体二十元くらいから五百元くらい。高いものは天井知らずだ。石を選んだら、次はどんな文字を選ぶかだ。既製の文字にするか、個性的な文字を彫る作家に注文するかの二択である。石を他の店で買って、篆刻だけを注文するのも良いと言うので、二軒隣の店で石をふたつ買い求め、ヒゲおじさんの店で篆刻を頼んだ。弥太郎の「弥」という一文字を呂政宇という作家に、「好日弥太郎」という五文字を張永興老師という作家に頼んだ。篆刻代はどちらも一文字三百元（かなり高いランク）。しかし僕が注文したものは石の形が特殊という理由でどちらも二千元と言われた。「彌」は一文字だが石が大きいらしい。「好日彌太郎」は石がとても小さいので手間賃らしい。

夕闇もせまり、小腹が空いたので今日もやっぱり永康街へと向かう。麗水街にある台湾家庭料理店「大来小館」に入る。美人の奥さんが調理し、旦那さんが配膳をする小さな店だ。「はまぐりとへちまのスープ」を頼んだ。実にうまかった。人の家でもてなしを受けているような気分になってすっかり落ち着いてしまう。どこかから聞こえる虫の音も心地よかった。

台北には僕の好きなものが全部ある。サンフランシスコの自由で気さくな空気。ニューヨークの異国文化が混ざり合った街角。パリのカフェで過ごす夜のひととき。世界中を旅して、台湾に行き着く人が多いというのも少しずつ頷けてくる。

夜の帳《とばり》が下りる頃、ふんわりとした気持ちで、師範大学の脇道から永康街へと歩いた。ぱらぱらと小雨が降っている。

骨董品屋が並ぶ路地に泥棒市場のような一角がある。雨宿りもかねてのぞいてみると数軒の骨董品屋が軒を連ねていた。店主たちは通路の一ヶ所に卓を囲み酒宴を上げていた。ガラスケースに置かれた小さなぐい呑みが目に入った。ぐい呑みには水色の字で「明治メリーミルク」と日本語があった。日本統治時代のものであろう。若い男の店主に言って見せてもらうと、なんともかわいい器であった。数日前「治堂」という茶芸館にぶらりと立ち寄った時も、店主のコレクションである日本統治時代の茶器を見せられていた。そんな記憶が後押しして、手にした途端このぐい呑みを連れて帰りたくなった。値切ることなく四千元を払って懐にしまった。

「e—2000」には「古いものと中国茶」と書かれた石柱が玄関に置かれていた。暖簾をくぐると、そこには店主の研ぎ澄まされた美意識が隅々まで行き渡った清らかな空間があった。僕はここでお茶をふるまわれた。静かな動作でお茶を淹れる店主の廖《りょう》さんに「どうぞ」と差し出されたお茶はどれもが逸品だった。「このお茶は二十年前の凍頂烏龍茶です。二十年もの間、誰かがこのお茶を放っておいてくれたから、私達は今こうして美味しく飲めるのです。どんなものでも干渉せずして、自然のまま置いておくのが一番良いのです」。廖さんは炭で沸かした湯に話しかけるようにして呟く。お茶を何杯もいただき、聞香に酔いつつ、二時間、三時間と、僕はこの店に集まってきた人達と他愛ない会話を交して過ごした。

台湾の持つ大きな包容力は、いつまでも僕の心をあたため続けている。

台湾を再び旅するには理由があった。二ヶ月前にはじめて訪れた台湾で、先住民のスミンという青年のことを友人から聞いた。スミンは「TOTEM」というバンドを先住民同士で組んでデビューしたばかりである。台北ではなかなかの人気らしい。彼のようにピュアで朴訥な精神を持った若者は珍しいと友人は言った。彼を伴い、彼の故郷である台東を旅したらきっと楽しいであろう。そして台湾先住民の文化に触れるにいいチャンスに違いないとすすめてくれた。

願ったり叶ったりである。早速スミンへ連絡を取ってもらうと、喜んで、自分の故郷を案内したいと返事があった。ということで、今回は台湾先住民のスミンと友人とともに、台東へ向かった。

「アミ族のスミンです……」彼の風貌は二十七歳には見えないあどけなさを感じさせた。東京からやってきた僕にそっと手を差し出す仕草は優しい人柄を現していた。短パンに

Tシャツ、ゴム草履姿で、真っ黒に陽に焼けたスミンの笑顔は眩しく見えた。いい旅になると僕は予感した。

台北空港から飛行機で五十分。「台東は暑いですよ」抜けるように晴れた青い空を見上げてスミンはつぶやいた。僕らは車に乗り込み、窓を全開にして、時折そよぐ南国の風を顔にあてながら市街地へと向かう。

久々の帰郷に嬉しがるスミンは顔がほころびっぱなしだ。車を運転しながら右や左を指差して、あれやこれやと説明してくれる。台東の市街地はわずかなエリアではあるが、ファストフード店やコンビニもあり、台北の街と何ら変わりない。「きれいな女の子が作ってくれる、かき氷屋に行きましょう」そう言うとスミンは車を路肩に停め、通りに面したかき氷屋に僕らを連れて行った。テーブルに置かれたマンゴーかき氷の、あまりの山盛りぶりに驚いていると、「平気平気、ぺろりと食べられますよ」とスミンは言う。口にするとそのうまさに負けて、少しも手が休まらぬまま、あっという間にたいらげてしまった。これで一杯五十元。台東の旅は静かに動きはじめた。

「先住民の多くが、野球か、陸上で頑張るんだけど、僕はどちらも苦手だった。だから歌を唄うことにしたんだ」。

「スミンの名字は何て言うの?」と聞いてみた。すると「先住民に名字はありません。知りたければ、誰の子か？　と聞くだけです」「じゃあ、スミンって名前はどういう字を書くんだい？」「先住民には文字はありません。名前を書くときは英語でsumingって書きます」

台湾には紀元前からこの島に暮らす先住民族がいる。この小さな島に現在数えられるだけでも十以上もの部族があり、そのすべてが異なる文化と言語を持っている。とはいうものの、二百三十万人を超える台湾人口に対して、先住民の人口は今やそのたった二%と少ない。

スミンが唄う歌には、山地から都会に出てきた自分の心模様を綴ったものが多い。都会でへこたれずに生きていく強い姿が生き生きと描かれている。自分が先住民であることを部族の言葉で堂々と唄うスミン。それを耳にする台湾人の若者の多くは、歌の意味がわからなくとも、先住民独特の民間伝承なメロディと、その言語のリズムに心を打たれているのだ。僕にしても、スミンの歌をはじめて聞いた時、胸の奥から、原始的な歓喜がゆっくりと込み上げてくるのがわかった。彼の歌が持つこのちからは一体何だろうと思った。

車は海岸線の道路をまっすぐに走った。ヤシの木の原生林や、小さな集落をゆっくりと通り過ぎていく。信号は無く、たまに野良犬が道路を横切ろうとするのどかな一本道だ。

「おばあちゃんの家に行く前に、おばさんの店に寄りましょう」。スミンは海に面した断崖の上にある海の家へと僕らを案内してくれた。「ここは、台風で流れついた流木を拾い集めて、先住民みんなで作った店なんです」太平洋が一望できる美しい場所だった。スミンはどこからかギターを持ってきて唄いはじめた。「それは君の歌？」と聞くと「アミ族の歌です」と答えた。スミンの声は押し寄せる静かな波音と混ざり合い、海風にふわりふわりと乗って僕らの耳に届いた。「さあ、みんなで唄いましょう。踊りましょう」。スミンは瞳をきらきらと輝かせて僕らを誘った。空には一番星がきらめいている。僕らは手を取り合い夢中になって歌って踊った。

晩ご飯は富岡漁港でとびきりの魚料理に舌鼓を打った。台東の市街地から車を一時間程走らせ、十一時過ぎに成功村へと到着した。今夜はスミンの祖父母の家に泊まらせてもらうことになっていた。街灯の無い真っ暗闇の山道をそろそろと進むと、ポッンと明かりの点いた家が見えた。車を降りて玄関を開けると、スミンのおばあちゃんは寝ずに僕らを待っていてくれた。

「よくいらっしゃいました。遠慮しなくていいよ」屈託ない笑顔を浮かべて、おばあちゃんは言った。言葉は日本語だった。日本統治時代、台湾の先住民も日本語を学んだ。そして日本語が公用語となることで、結果的に、それまで皆無だった先住民族間の交流が可能になった。七十歳以上の先住民のほとんどが、今でも日本語を流暢に話せるというから驚く。

おばあちゃんは台所で明日の朝食の下ごしらえをしていた。台所にはアミ族の伝統工芸である籠やもち米を蒸す道具などが積まれている。「疲れただろうから早く寝なさい」と部屋に案内されると、部屋の壁にはキリストとマリアの肖像が貼られていた。今やアミ族の多くがクリスチャンだ。横になり、ブーンという扇風機の音を聞きながら目を閉じると、意識はすぐに遠のき眠りに落ちていく。台所から聞こえる、おばあちゃんが野菜を洗う水の音に、旅の安堵を覚えた。

翌朝は六時に目が覚めた。田舎の朝の空気はひんやりとしていて心地が良い。五歳になるスミンの甥っ子が「朝ご飯だよ」と呼びに来た。「おはようございます」スミン以外の全員が日本語で挨拶をした。

食事は母屋の戸外に置かれた丸いテーブルに用意された。いつもなら朝食前に畑に行って野菜を採り、それを料理するらしいが、この夏は厳しい暑さと雨が降らないせいで、野菜がすべて枯れてしまったのだという。それでも朝食はご馳走だった。古代米のもち米にタケノコ、きゃべつのスープ、茹でた豚肉、煮魚と焼き魚、いんげん、シシトウと、どれもがこの土地のものばかりだ。海で獲れる小さな巻き貝は、口につけてチュッと吸って食べるやり方を教えてもらった。おじいさんがお祈りの言葉を唱えると、テーブルを囲んだ全員で目をつむってお祈りをした。「アーメン」と言ってから皆一斉にもち米をほお張った。おばあちゃんとおじいさんは、懐かしむように僕らと日本語でおしゃべりをした。

おばあちゃんの家は山のふもとにある白い小さな家だ。近辺に家はひとつも見当たらない。集落をぐるりと見渡しても目に入るのは林や畑ばかりだ。

スミンが山へ行こうと僕らを誘った。山というのはおばあちゃんの家の裏山のことだ。おばあちゃんが今日は暑いからとアイスキャンディを皆に持たせてくれた。「みんなに見せたい景色がある」スミンはそう言って歩き出した。

夏草の繁った山道を歩きながら、スミンは、これは食べられる、これは食べられないとひとつひとつを教えてくれた。そしてしばらくすると、山道から外れて急な傾斜の草むらをスミンは登り始めた。足下はゴム草履なのにひょいひょいと険しい草むらに分け入り登っていく。いったん離されると歩く道筋がわからなくなるので必死になって歩いた。「おばあちゃんはもっと早く登るよ」地面に手を付きながら登る僕を見てスミンは笑った。

山の中腹に生えていた木はおじいちゃんが一人で伐採した。木を伐採しておけば、野生の猿が降りてきて、家や畑にいたずらをすることがないのだそうだ。遠くにいた野犬が一緒に登っていた甥っ子を見て吠えた。すると甥っ子も「ウォンウォーン」と吠えた。

「こんなところに暮らしているから、甥っ子には友達がいないんだ。彼の唯一の友達は犬だけだよ」甥っ子の頭を撫でながらスミンは言った。彼は犬と会話が出来るらしい。

小さな見晴らし台にたどり着いた。木陰には山風がそよいでいた。スミンは枯れ木を持ってきてベンチを作った。「ここからの眺めはきれいでしょう」遠くにおばあちゃんの家が見えた。集落のすべてが一望できて、もっと先には真っ青なエメラルドの海があった。「あ、あそこに教会がある」と僕が言うと、「おばあちゃんがいつも行く教会です。僕も小さい頃、一緒によく行きました。そこでピアノを習って音楽が好きになったんです」スミンはアイスキャンディをかじりながら言った。いつまでも景色を眺めているスミンに「この場所が好きなんだね」と聞くと、にこっと笑って嬉しそうにうなずいた。

昼寝から起きると、スミンは籠を編んでいた。籠編みや刺繍はアミ族に伝わる工芸品のひとつである。彼のように先住民族の伝統工芸に興味を持ち、その技術を継承している若者は決して多くない。「ひさしぶりだから上手に出来ないなあ……」そんなことを言いながら、スミンは美しい文様の入ったコップ大の籠を手際よく作り上げた。そして「よかったら、おみやげにどうぞ」と僕に手渡した。お礼を言うと「おじいちゃんはもっと上手だよ」とスミンは照れた。

おやつにおばあちゃんが蒸してくれたカボチャを食べ終わると、スミンはギターを手にして唄い始めた。彼は唄うことを心から愛している。おじいちゃんとおばあちゃんは、戸外に置いた椅子に座って山をぼんやりと眺めている。スミンの歌に合わせて身体を揺らしていると、何もかもがどうでもいいような気持ちになっていった。そして僕はまたうとうとと眠りについてしまった。

日が落ちて、おばあちゃんとの別れの時がやってきた。今夜はスミンの中学時代の先生の家に泊まる予定だ。おばあちゃんの手を握って、ひとときの礼を告げる「あなた達はみんな私の子供です」と言い、大きな涙を目に浮かべていた。「さようなら」と手を振って僕らは車を走らせた。

スミンの先生の家は都蘭という村にあった。その日、先生は留守をするので僕らに家を開放してくれたのだ。「いい店があります」とスミンが連れていってくれたのが、山の中にある「月光珈琲」だ。そこはペナン族の奥さんを持つ謝さんが営むギャラリーカフェだった。僕はそこで謝さんが編んだペナン族の文様が入った帯を買った。自分にとって一番最初の作品だからと恐縮していたが、夜空のような美しい青のグラデーションが心から気に入って欲しくなった。

夜はスミンが声をかけて、アミ族の青年達と酒宴を開いた。僕は年下の者から年上の者に酒をついでいく先住民の酒杯の交し方を教わった。そして手をつないで踊るアミ族のフォークダンスを皆と唄い踊りながら楽しんだ。

お酒が尽きる頃、年長の一人が突然、歌を唄い始めた。すると皆、静かにその声に耳を傾けた。下を向いて目をつむっている者もいる。真っ黒に陽に焼けた頑強な身体とちがって繊細で美しい声だった。歌は物語を読み上げるように延々と続いた。

「あんな歌、僕ははじめて聴いたよ……」歌に感激したスミンは帰り道でつぶやいた。


「パイワン族の集落に行ってみよう」僕らは台東の市街地から南へ数キロ、新園路という集落へと車を走らせた。「TOTEM」のメンバーのチャーマカとアシンの二人が、パイワン族の豊年祭の準備で帰省しているという。「橋を渡るとそこから先は、もうパイワン族しか住んでいないエリアになります。あ、この橋です」スミンが指差したのはセメントで作られた粗末な用水路の橋だった。「この橋が境界線っていうのが可笑《おか》しいです。でも本当なんです」スミンはクスクスと笑った。

一軒の家の前に車を停めるとチャーマカがすぐに道に飛び出してきた。「ナアイホー！」先住民の挨拶を口にすると、にこにこと笑って僕らを迎えてくれた。新園路は、小道や路地が入り組んだ四ブロックほどの小さな集落だった。住宅はどれもが瓦屋根で日本家屋の趣があった。そして路地の交差する広場には必ずと言っていいほど一本の大きな木が立っていて、その木の下がここに暮らす住民が集まる憩いの場となっていた。

ヒップホップが大音量で鳴り響く方へ行ってみるとバスケットボール・コートがあっ

た。そこではパイワン族の若者達が竹を組んで小屋を作ったりと、祭りの準備に汗を流していた。スミンはギタリストのアシンを見つけて僕らに紹介した。「集落を案内してよ」とスミンが言うと、「こんな集落、何にも無いよ。ぶらっと歩けば終わりだよ」とアシンは笑った。とはいうものの、この集落は子供や若者が多く地域全体に明るい活気が溢れている。そして先住民の強い絆によるコミュニティが伝統文化と共に存在しているのを感じる。

チャーマカが特別な場所を一ヶ所だけ見せてくれた。入り口に伝統的な木彫が施された藁葺《わらぶ》き屋根の集会所だ。

「おばさんが最近、開いたかき氷屋で、かき氷いかがですか?」アシンが連れていってくれたのは店というよりガレージの屋台だった。真夏の台東でひと休みと言えば、飽きることなくかき氷である。僕らはすすめられるまま集落の子供に混ざって、今までになくうまいかき氷を食べた(聞くと部族によって味の調合が違うらしい)。日陰でかき氷は格別の休息となった。いつしか溶けてしまって水になったかき氷を飲み干しながら、台東の美しい夕焼けも今日で見納めだなあと僕は思った。

台湾の喫茶店カルチャーを発見。台北の街を歩いていて、気がつくのは街のあらゆるところに喫茶店が建ち並んでいるということだ。どの店も朝から晩まで客で賑わっている。「台湾人は喫茶店が大好き。何かと言えばすぐに喫茶店でまったりしている」そう話す台湾の友人の言葉にも素直に頷ける。外は暑いので、さすがにパリのようなオープンカフェは見当たらないが、そのパリに負けじと、台湾の喫茶店は人々の暮らしに溶け込んでいる。ということは、パリの「レ・ドゥマゴ」や「カフェ・ド・フロール」のような由緒正しき歴史を誇るカフェが台湾にあるのだろうか。

探してみるとあった。台北駅の南側、武昌街にある「明星珈琲館」だ。創業は一九四九年。おそらく台湾で最古の店である。当時の国民党政権と共に、台湾に渡ってきたロシア人がオープンし、台湾の文学者、詩人、学者らが集った文学サロンというから驚かされた。その歴史はまるでサンフランシスコの「カフェ・トリエステ」のようだ。店内の雰囲気は、古き佳き昭和の喫茶店そのものである。レトロと言ってしまえばそれだけだが、いたって普通の落ち着きのある喫茶店というのが本当だろう。普通であることをありがたがる今の日本人にとって、ここは格好の旅の足休めの場所になるはずだ。

「南天書局」を訪れた。数日前、スミンが連れていってくれた台東大学の原住民族研究室で閲覧した『台湾蕃族図譜』という一冊があった。それは明治時代に日本人が撮影した台湾先住民族の写真集だった。その一冊のあまりの素晴らしさに感激したので出版社の名をメモしておいたのだ。何とかしてその一冊を手に入れたかったからだ。その出版社の名が南天書局であり、台北の住所を友人が調べてくれた。

南天書局は、台湾研究を専門とする小さな出版社だった。早速『台湾蕃族図譜』の在庫を聞くと、絶版書だが幸運にも一冊だけ在庫が残っているという。僕は大いに喜んだ。本棚に目をやると、日本語で書かれた『パイワン伝説集』『リボク日記』（アミ族の宣教師の日記）といった貴重な本も発掘できた。さらに、中国文化の叢書で名高い『漢聲雑誌』のバックナンバーが豊富にあり、思わず小躍りしてしまった。『漢聲雑誌』は今、僕が一番収集しているアートブックである。

両手で持ち切れないほどの本を買った僕は大満足だった。そのまま近くの喫茶店へ行き、買った本を広げ、ゆっくりと堪能したくて仕方がなかった。それはパリ、ニューヨーク、サンフランシスコ、東京においても同様のとびきりのひとときである。まさか台湾でそれを味わえるとは思ってもいなかった。

旅先で一番最初に探すのは、居心地の好いカフェである。朝から晩まで、何をするでもなく、ただただぼんやりと一人で時間を過ごせるカフェを、宿泊するホテルの近くに見つけられたら幸福である。そんなカフェが見つけられたら、僕は朝昼晩、毎日でも通いつめる。そして、そこで働く人や常連さんたちと言葉を交し、土地のあれこれを聞いたり、他愛ないおしゃべりをしたり、出会ったり別れたりをする。それが店の人であっても、美味しいものを「美味しい」と言えたり、「おはよう」「こんにちは」「おやすみなさい」と言える相手がいるだけでどんなに旅の毎日が嬉しいだろうか。

台湾にもそんなカフェがあるだろうと思って随分と歩きまわった。しかし、なかなか見つけられなかった。ある日「どこかにいいカフェはないかなあ……」と台湾人の友人に聞くと「私の奥さんが働いているカフェに連れて行きましょう」と誘われた。カフェの名前を聞くと「VVG　BISTRO」と言った。その名を聞いた途端「僕が探していたのは、そこだ！」と直感できた。

「VVG　BISTRO」は、忠孝東路の路地にひっそりとあった。知らなければ通り過ぎてしまうような、まるで誰かの家のような佇まいである。草花が植えられた小さな庭の階段を上がってドアを開けると、大きな窓に面したキッチンが目の前に現れる。その横を通って、ひとつひとつが不揃いの椅子や、ソファに腰を下ろすと、誰もが自然と落ち着いてしまう優しい雰囲気があった。それはそこで働くスタッフの笑顔と店内に広がる適度な自然光のせいであろう。「もっと早く来たかった……」それが僕の第一声だった。

みんなで食事をするのが大好きな仲間が集まって生まれた店が「VVG　BISTRO」である。台湾を旅する人は、まずはここを訪れるといい。そして、香り高いコーヒーを飲み、美味しい料理を食べ、きびきびと働くスタッフと出会うといい。毎日の朝昼晩ここにいれば、旅はおのずと至福に満たされる。僕はそう太鼓判を押したい。

中目黒

自然や風景の特徴だけを用いて、今自分がいる「場所」を説明できるだろうか。先頃「センス・オブ・プレイス＝場所の感覚」というバイオリージョナリズム思想（生態地域主義）に触れたのをきっかけに、そう自問してみた。それを手繰りよせていくと自分が誰であるか。自分がどこにいるかを知る手立てとなるかもしれない。中目黒を改めて歩いたのはそんな理由からだった。

中目黒は昔、海だった。今から六千年も昔のことだ。当時は大橋あたりまで海が入り込み、あたりは東京湾の入り江だったという。「ここは海だったのか」そんな想いに耽りながら、目黒東山一郵便局脇にある、昔ながらの定食屋「鳥ふじ」で昼食をとった。鯖味噌煮定食六百円也。正午ともなれば狭い店はすぐに満席となり、「ご免ください」「いらっしゃい」と、誰もが見知らぬ客と相席となり、家庭的な料理に舌鼓を打つ。

さて、箸を置いて腹ごなしに散歩でもしようか。秋晴れの空を見上げながら山手通りを大橋の方へと歩いてみる。

目黒橋からの川沿いの遊歩道は心地良い風の道。目黒川もこのあたりでは、小さな段差が川のせせらぎをさわさわと奏でている。氷川橋を東山へと渡った丘の下に、東山貝塚公園はあった。縄文時代の人々が生活を営んだ集落貝塚や竪穴式住居跡が発掘された場所だ。クジラやイルカの骨が多数見つかっている。公園には実物大の竪穴式住居模型があり、中を見ると親子三人の暮らしが再現されていた。ベンチに腰を下ろし、うっそうと茂った木々を見渡すと、ここは住宅街の中にポツンと残されたほんの小さな自然だとわかる。しばらくすると、美しい羽を広げたセキレイがチチチと鳴いて、足下に滑るようにしてやってきた。「あげるものは何もないよ」と言うと、また小さく鳴いてどこかへ飛んでいった。日なたに転がる無数の小石が白く見えた。まるで浜辺の貝のようだった。

「こむずかしい学術書か、エロ本売ってくんない？」。中目黒銀座をぶらぶらと探検。ふと暖簾をくぐった古本屋「杉野書店」の店主が人の顔を見るなりこう言った。「中間本はブックオフがあるから売れないんだ」。ふうん、小説などを中間本というのかと感心していると、「エロ本好きでしょ、男なら。高く買うから売って」。惚けた顔の店主はしつこく言った。店主の頭の上の棚から『バルトーク晩年の悲劇』（ファセット著／みすず書房）を抜き、値段を見て、これくださいと渡す。九百円也。在庫の八割がエロ本の古本屋でも半年に一度訪れると、こんないい本に巡り合える。

中目黒駅の南側。再開発地域の先駆けとして建設された中目黒GTプラザの脇から、中目黒銀座は始まる。昭和初期の中目黒は、恵比寿の隣町として、長閑さとにぎやかさを備え持った小さな町だった。渋谷や恵比寿が近い所為で不良の巣窟としても名高く、日本最初のボクシングジムが下目黒に出来たのち、すぐに中目黒にも「大和拳闘クラブ」が生まれた。当時、不良少年の拠点は、その町々のボクシングジムだったという。一番街の「喜風堂」の筍《たけのこ》最中《もなか》をほお張って、古道具屋や煎餅屋をひやかしながら歩いていると、中目黒落語会のビラが電柱に貼られていた。そういえば、畳を敷いてこしらえた風情ある寄席が商店街にあったことを思い出した。どれどれとビラを見てみると、今はもう無くなり、会場は中目黒GTプラザ内へと移っていた。

そういえば、中目黒銀座がグラフィティアートの聖地と呼ばれていた頃、二番街のバーで行われたポエトリーリーディングで「中目黒商店街から見える五色の夕焼け」と読んだ女性がいた。偶然にもその帰り、パチンコ屋や居酒屋のネオンで猥雑な駅前で、ソフィア・コッポラの『ロスト・イン・トランスレーション』の撮影に出くわした。その日の夕焼けはたしか黄色かった。

「浅海牧場の牛乳は甘くて美味しかった」。目黒川沿いのベンチで足を休めていた老人はこう言って僕を驚かせた。牧場があったのは今の総合庁舎がある場所だそうだ。以前は千代田生命保険ビルが建ち、その前は蔦のからまるアメリカンスクールの校舎があった。広い高台の草原に牛の放される長閑な牧場があったのは、さらに前のことだ。「目黒川には水車小屋もあり、いくつも洗い場があった。その洗い場で牛を洗っている姿もよく見たもんだ。浅海牧場の牛乳は町の住民へ配達もしていたんだよ」。老人は遠くを見つめてつぶやいた。

中目黒駅を出て山手通りを渡ると、東南に流れる目黒川がある。かつてこの川の両岸には水田が広がっていた。今はその面影はないが、清流を利用した友禅流しも昭和三十年代まで行われていたらしい。

中目黒の象徴でもある目黒川の魅力は、ミュージシャンのベン・ハーパーが来日時「ここには空がある」と言っていたように、気持ちよく抜けた大空が木々の間から広がっていることだ。

今この目黒川沿いのエリアはクリエイターが暮らすカルチャーヴィレッジとも呼ばれている。渋谷にも近く、高級住宅地の代官山の膝元という割には家賃が安いということで、若いクリエイターが移り住んできたのが始まりだった。やがて彼らは新しく自由な発想で、カフェやショップ、アトリエを作り、小さなコミュニティを生んでいった。お金の匂いがしない、中目黒独特のすこやかな空気感は一個人それぞれの日々の活動によって育まれている。

四月になり、川沿いの桜並木が一斉に開花する景観には、神秘の世界に迷い込んだかのような錯覚さえ覚えてしまう。桜の花びらで真っ白に埋まった川面は、まるで天の川のようだ。

目黒川沿いの話をもう少し。今から十年前、駅から数えて六つ目の橋、緑橋の少し先、人気《ひとけ》のまったくない場所に「アー・ペー・セー・サープラス」がオープンした。当時の目黒川沿いといえば、駅近くに、アンティークキャラクター専門店「スーパーフリークス」や古着屋がぽつんとあっただけで、大橋方面に行けば行くほど辺鄙でしかなかった。人の流れも中目黒から槍が崎交差点へと続く道一本しかなかった頃だ。

「アー・ペー・セー」は特異なブランドだ。スタート時から常に、ファッション業界特有の物質主義に反旗を翻し、新しい価値観、そしてモードの新しい存在を追求するリベラルな思想を持ったフランスのブランドだ。ロゴの『A.P.C.』が「生産と創造の工房」の頭文字であることに、その質実な精神が現れている。そんなアー・ペー・セー・サープラスのオープンは中目黒を大きく変える歴史的な出来事だった。そしてまた、多くのファッションブランドが内装や装飾にこぞってお金をかけていた時代に、ほとんど居抜きのままの内装で、店名は入り口のガラスにペンキで書かれただけという簡素な佇まいが、多くの人を驚かせ魅了した。その後まもなく川を挟んだ斜向かいに、靴とメンズファッションの「ジェネラルリサーチ」がオープンした。そうして中目黒は通好みのエリアとなった。

その四年後、もう一度大きな変化をもたらしたのが、「オーガニックカフェ」の存在だ。ヴィンテージ家具屋が前身だったこのカフェは、日本中にカフェブームを生むきっかけとなった。やがて中目黒は東京のおしゃれな街へとカテゴライズされ、多くのメディアに「中目黒系」という言葉で取り上げられていくことになる。とはいえ中目黒がマイペースでローカルなのは変わらない。自立した者同士が互いを尊重しながら、仕事し、暮らしている東京のヴィレッジだ。川の反対側から手を振って挨拶しあう光景もここでは珍しくもない。歩けば歩くほど出会いが生まれるのも中目黒だ。

中目黒に湧き水がある。そんな噂を耳にして散策に出かけた。湧き水の場所は中目黒八幡神社だという。駅から中目黒銀座を抜けて、小道をあちこちと曲がりながら駒沢通りへ出る。信号を渡って、中目黒小学校の裏へ向かうと中目黒八幡神社はあった。歩いてわかったのは、中目黒の地形はそのほとんどが高台と谷から成り立っていて、坂の多い町を形づくっているということだ。道に迷うと上がったり下がったりで息が切れる。中目黒八幡神社へもたやすくたどり着いたわけではなかった。

中目黒八幡神社の境内は、大きな古木がうっそうと茂り、静寂に包まれていた。旧中目黒村の鎮守。創建年代は不明。江戸幕府が源氏の守護神八幡信仰によって農民との融和団結を深めようと建設した神社だ。今でも秋になると奏でる演目十二座の神楽が有名だ。

湧き水は参道階段の脇《わき》にあった。岩を積んでこしらえた小さな水場だ。側には「神泉」と彫られた石碑がある。柏手《かしわで》をひとつ打ってから、さらさらと湧き出る水をひしゃくで汲んだ。水はほんのり甘い味わいだった。宮司さんに聞くと、地下二十五メートルの揚水だという。知る人ぞ知る名水らしく遠方から汲みに訪れる人もいるらしい。沸かしてお茶を淹れるとなお良いがそのまま飲んでも安心な水だ。

歴史的スポットの多い中目黒。中目黒八幡神社を後にして、駒沢通りを代官山方面へと寄り道してみる。槍が崎交差点を左へ曲がり、古着屋「デプト」の脇道を入っていくと目黒元富士跡がある。目黒元富士とは、江戸時代の民間信仰「富士講」の人々によって造られた高さ十二メートル程の小さな富士山だ。信者はこの富士塚を拝み、またその山頂から本物の富士山を眺めたという。この富士塚には登り道が九つあり、本物の富士山のように一合目から九合目を意味するものとして造られたという。中目黒再発見、興味の尽きない一日だった。

雲ひとつ無い晴れた午、「カウブックス」の前のベンチに座り、目黒川のせせらぎに耳を傾けながら木漏れ日にあたっていると、冬であってもぽかぽかと身体があたたまってくる。気持ちも緩んでくる。するとなにもしたくなくなり、このまま一日が平和に終わってくれればと思うばかりだ。川面に目をやると親子の鴨がバシャバシャと羽を洗っては水遊びにくれている。店の前にいると、知り合いや友人が幾人も通り過ぎるから、やあやあと挨拶を投げる。

のんびりするのに飽きて、数メートル先の和菓子とお茶の「東屋」をのぞきにいく。季節にあった色とりどりの練り物が並んでいて目が洗われる。再びふらふらと川沿いを歩いて、画材屋の「雅光堂」で色鉛筆を物色する。木漏れ日に酔っぱらう。そんな不思議な感覚になって、僕は菅刈公園へと向かった。

青葉台二丁目のこのあたりは古くから屋敷が立ち並ぶ場所で、江戸時代には滝や池のある大名庭園があった。明治になり西郷隆盛の弟、西郷従道《つぐみち》がこの土地を買い入れ、洋館や和館、庭園を造った。庭園については「東都一の名園」と言われる程美しかったという。それが今は菅刈《すげかり》公園として開放されている。残された和館には、西郷家ゆかりの書画などが展示され、茶室も貸し出されているので、いつかぜひ利用してみたいと思っている。公園の中央に広がる芝生には、目黒区いち大きなイチョウの木がまっすぐに立ち、春には梅の花や沈丁花などが溢れる。中目黒駅から幾分離れた住宅地のせいか、いつも人は少なく、やさしい景観のおかげで、一日中、草の上に座っていても飽きることはない。

いつの間にか日はとっぷりと暮れて公園はしんと静まった。店への帰り道、沖縄料理の店「パシフィック57」はハワイアンミュージックのライブで賑わっていた。「福砂屋」で長崎カステラをおみやげに買って帰った。

対談　就職しないで生きるには　岡本仁×松浦弥太郎

就職しないで生きるには？

松浦　僕がレイモンド・マンゴーの『就職しないで生きるには』を読んだのはハタチを過ぎた頃《ころ》だと思います。そんなに昔でもないと思うんですけど、最初に読んだときは実はピンとこなかったというか、そんなに面白いと思わなかったんですよ。その後、追って読んでみたら、だんだん面白くなってきたという感じなんですよね。最近もう一度読んで、やっぱり面白かったです。

岡本　今回この対談の話をもらって、もう一度読み直そうと思って本を送ってもらったじゃないですか。それでパラパラと見ていたら大変なことに気がつきました。「あ、この本読んでないわ」って（笑）。

松浦　（笑）そんなオチがあったんですね。

岡本　でも完璧《かんぺき》に読んだ気になっていたんですよね。それに出版年も思い違いをしていて。この本って一九八一年発行なんですよね。自分が大学に通ってる頃に出た、絶対に七〇年代の本だって思い込んでいて。色々な思い込みをしていたみたいです。レイモンド・マンゴーは「シティーライツ・ブックストア」の店員だったと思い込んでいたりとか。とにかくタイトルのインパクトがすごく強くて、それだけで読んだ気になってしまいますよね。その後、同じタイトルのシリーズが出て、それはだいたい読んでいたんだけれど、いちばん大事なレイモンド・マンゴーの『就職しないで生きるには』を読んでいないということを二十年ぶりに気がついたんです。

松浦　僕がこの『就職しないで生きるには』や、その後のシリーズを読んでみて感じたのは、将来の選択の範囲が広がったなという気がしたんです。元気が出たっていうか。といいつつ、色々やってみたかというとそうでもないんですが、このシリーズから受けた影響は、少なくとも決して悪いものではなかったので、僕としてはこのシリーズへの感謝の気持ちが後押ししたこともあって、現代版をつくれればいいなと思ったんです。

岡本　二十年以上経《た》ってはじめて読んで、しかもまだ全部読んでいないんですけど（笑）、さっき松浦さんが言った「最初に読んだときにピンとこなかった」というのは、なんとなくわかるんです。仕事をしないで生きていく方法が書いてあるかと思えば、そうじゃないじゃない。このタイトルから「お金を稼ぐ必要がなく、何もしないままに一生過ごせたらいいな」という雰囲気でこの本に入っていこうとしても、結局生きていくためには仕事をしてお金を稼がないといけないということからは逃れられない。だからといって、システムのなかに入っていくということではなくて、システムの外に自分を置きながらお金を稼いでいく方法があるんじゃないかということのヒントになる本なんですよね。

松浦　既存の選択肢のなかで何かを選んでということではなくて、それ以外の新しい選択肢を自分でつくるということ。就職しなくても、結局は何かしら仕事するんだからそれなりに大変だし、フリーランスが就職することよりも楽なのかと言われたら、決してそうではない気がします。でも「就職しないで生きる」という言葉が胸に来るというか、自由をとても感じるんですよね。その気持ちを今回のシリーズでも出せたらなと思うんです。

岡本　あくまでも「仕事をしないで生きるには」ではなくて、「就職しないで生きるには」なんですよね。就職するって雇われることで、でも、誰《だれ》かに雇われて生きていくんじゃない生き方があるということを「仕事しないで生きるには」ということだと勘違いして、これは俺《おれ》のための本だと思っていたら「仕事はしろよ」と（笑）。

松浦　僕もそう思って手にとってみたら、アレ？　みたいな感じで。

岡本　前書きに、レイモンド・マンゴーにとって昔は憎むべき対象だった仕事が、今となってはいちばんの遊びになったと書いてあるんだけど、この本が言いたいのはそういうことなんだなと思いましたね。

就職するということ、就職しないということ

松浦　会社に就職することと、就職しないで自分で何かをやっていくということは、すごく大きな違いがあるように思われるけれど、よく考えてみるとそれほどの隔たりというのはないんですよね。結局、仕事はしないと生きていけないし、やるべきなんだけど、その仕事を楽しむということがいちばん大切なことなんじゃないかなと思います。岡本さんは就職していて、僕は就職していない立場なんだけど、普段会ったりしていて違和感もないですよね。特に岡本さんは就職していても就職していない人っぽい気がしますね。

岡本　（笑）この格好じゃそう思われても仕方ないですよね。就職しているけれど、そんな自由な仕事はないだろうとか、やりたいことをやっているからいいじゃないかと思われていると思いますけど、本当はそんなことはないんですよ。

松浦　僕も普段はラフな格好をしていて、自由奔放に好きなことばかりしていると思われるけれど、もしかしたらみんなの知らないところでスーツを着て誰かに会いに行っているかもしれないし。同じなんですよね。岡本さんは今の会社はふたつ目なんですか？

岡本　最初に入った会社は札幌《さっぽろ》のテレビ局だったんです。その頃、僕は就職したくない

とか、就職しないとかはあんまり深く考えていなくて、大学を出たんだから職に就かないといけないくらいにしか考えずに、自然な流れで就職しました。でも表から見えることしか知らなかったから、入社したら営業とか総務とか経理とかそういうセクションがあるんだってびっくりしたくらいの無知さ加減でしたね。結局、営業部に配属されて、毎日広告代理店に行く生活がはじまって。それでも、こんなものかというくらいでした。

松浦　でも意外と退屈に思うような業務でも、学校を出てやりはじめると結構面白く思えたりしますよね。

岡本　そうね……いや、でもね、それはなかったな。やっぱり営業職だから毎日会わないといけない人が出てきて、それは自分が心から会いたい人だけではないんですよ。そうやって知らない人に会って、知らない人とコミュニケーションをとれるように自分をもっていくのはすごいストレスでしたよ。

松浦　僕はひょいと仕事をはじめたタイプだから、最初に何をしないといけないのかからなくて、ビジネス書を見たり、自己啓発の本を読んだりしていました。誰も教えてくれないし、誰も怒ってくれないから、自分でリンカーンとかカーネギーとかを心の師にして尻《しり》を叩《たた》いていましたね。なので、会社組織みたいなものには憧《あこが》れはありましたよ。僕の場合、自分が何かしなければ何も起きないという状態だから、いかに外に出るかとか、人に会う理由をつくるかを考えていました。きっと他人からはよく見えるところはお互い様なのかなと思いますね。岡本さんがマガジンハウスに入ったのはそのあとなんですね？

岡本　札幌には二年くらいいて、東京に転勤になって、その後三年弱その会社にいました。たまたま近所の店で買った『ブルータス』を読んでいたら、「社員募集」という広告が出ていたので、会社に内緒で試験を受けに行って、受かったんです。雑誌がつくりたいから入ったのではなくて、今まで自分がやっていた仕事の経験が活《い》かせて、転勤がなくてこのまま東京に住めるというだけで転職したんです。

松浦　意外ですね。出版編集に対して自分がやりたいと思ったから入ったのではなくて、営業職で入ったというのが面白いですね。

岡本　もちろん雑誌も本も好きだったし、色々な影響を受けていると思っていたけれど、自分がつくる側になるという発想はなかったですね。でも、同期入社の編集をしている人の話を聞くとなんか楽しそうなんですよ。まずスーツを着なくていい。時間もフレックスで、新しいお店ができたらそこに行って取材したり、自分が好きなミュージシャンにインタビューしたりとか、そういうのを見たり聞いたりしているうちに、同じ給料もらってるならこっちのほうがいいかなと思ったんです。それで僕も編集やりたいって言ったら、「岡本、編集やらないって言ったじゃないか」って怒られたんだけど（笑）、それから三年くらいで編集に異動になりました。

松浦　今だから言えるけれど、僕も昔は人に会いに行くときにスーツ着て行ってましたよ。ブルックスブラザーズの古着ですが（笑）。古い『ヴォーグ』や『ハーパースバザー』を一冊一万円以上で売っていたので、そんな高いものを売るのにジーパンにTシャツで行くのはまずいだろうと思って。今だったらそんなに気にしないんだけど、当時はちゃんとした格好で人に会いに行くのは緊張感があってよかったんです。それにその頃は営業が好きでした。人に会うことで、次につながるし、予定が入るから、なんとかして外に出ようと、とにかく営業の電話をかけていましたね。営業っぽい仕事をしていたとき、色々なことをやってみたんですよ。「努力は裏切らない」なんて言い方は大袈裟《おおげさ》だけれど、何かをするとそのあと、絶対に成果があるということは学びました。

岡本　僕もそうですね。嫌な仕事もスキルとして身につくと思います。雑誌の編集の仕事では、人に会ったり人を説得してその気にさせたりということがいちばん大切なポイントなんですよ。誰かの力を借りていいものをつくるということだし、しかも、その力を向ける方向もこっちの提案に納得してもらわないといけない。はじめて会う人も多いし、自分に合う人もいれば、合わない人もいます。それでも人に会って説得することって、最初に就職して嫌だと思ってやっていたことと仕事の内容としては違わないんですよ。嫌だと思いながら五年くらいやってきたことがスキルとして身についているから、はじめての人の気持ちを解きほぐすこととか、話が膠着《こうちゃく》してしまったときに打開する方法は経験則として自分のなかに入っていて、非常に役に立っているんですよね。
思うんですけど、人の人生って一本のレールがあって、そこの上を動いているんですよ。どこかで乗り換えするっていう幻想って持っていないと辛《つら》いのはわかります。でも、高校デビューとか大学デビューとかって言うけど、そこで別の人格になり変わって、そこから別の人生にってことはなくて、結局線の上を歩いていっているので、そういうものは消せないんですよ。消そうというよりは、活かしていこうと思うんですよね。

松浦　岡本さんが編集長の『リラックス』に入りたい人ってたくさんいると思うし、そういう人がいるというのはわかる気がしますね。

岡本　僕はどうしてもそこで働きたいと思って、そこに行くということを今までしたことがないんです。だから今自分がやっていることが他の人にとってここに勤めたいと思う動機になっているということを自分がどう受けとめて、それにどう応《こた》えたらいいのかなと考えますね。結局まず会社員にならないといけないし、会社のルールに従わないといけないんですよ。
僕も自分が『リラックス』をつくるために今の会社にいるわけではなくて、会社から「これをやれ」って言われた業務なんです。『リラックス』編集部に入れば、就職しないで生きていけるような気分になるのかもしれないって思うのかもしれないけど、それは思いきり「就職する」という世界なんです。そのズレは、『リラックス』に入ることを望んでいる人が理解できることなんだろうかと、色々な人と話していて思います。だから、僕は会社員だということをものすごく強調するんです。それはもちろん自分は会社員だと思っているというところもあるんだけど、変な幻想の上に自分を載せたくないんです。自分を「夢を実現した男」としてどこかに出て行って話すなんてことはしたくないんです。たまたまなんだから。そこはちゃんと強調しないとなと思うし、それが就職した男の「就職する」という部分のいちばん大切なところなんだと思います。

僕はそれを受け入れたうえで、今ものをつくるといういちばん幸せなところにいるけれど、明日、突然人事異動が発令されて、違う部署に行くということもあり得るんです。そこを受け入れてやっているんだよということは、やっぱりきちっとみんなに言っておかないといけないと思います。そこがインディペンデントな雑誌とは違うところだと思うんです。でも、それを受け入れつつ、会社のなかで自分は自分であると思い続けて、自分の周りの環境を勝ち取っていかないと気持ちのいい仕事はできないんですよ。就職していてもインディペンデントでいるということはできるんです。それはスタンスの問題だから。

松浦　そうなんですよね。就職してしまうと、すべて会社から指示されたことをするだけと思ってしまいがちだけど、そうではなくて、そんな環境にいても自分で何かを志望したり、新しいことを立ち上げたりすることはできるんですよね。

岡本　インディペンデントでいる場合は、お金の使い方に関してもすべてが自己責任だけれど、僕達がやっていることは、もしかしたら他のセクションが稼いでくれたお金を使ってものをつくっているのかもしれない。そこがうまく利益を出せるように、こちらのプロジェクトに出される資金は会社にとって投資なんですよね。それはイコール社員である自分への投資であって、自分に投資しようと会社に思わせるための努力も必要だと思います。そして、投資してもらったものに対しての配当をもっていかないと意味がないという意識が出てきますね。それを楽しいことだと思えば、仕事は恐くないと思いますよ。

本屋に願うこと

松浦　岡本さんは、僕が横浜の自宅で本屋をやっていた頃から、友人として、ずっとエムカンのことを見ていてくれていますよね。今度「カウブックス」という本屋をジェネラルリサーチの小林さんと共同運営というかたちではじめることになったんです。僕が新しいお店をやるときにまず考えるのは、僕自身が一人の本好きという立場でどういう本屋だったらいいのかなということ、そして、岡本さんがこの店をどう思うかなということかな。勝手にモニターにしてますが。だから、今度の店は、岡本さんに早く見てほしいと思っているんですよ。

僕はずっと洋書のヴィジュアルブックを中心に扱っていたんだけど、移動本屋をやったときに、洋書だけじゃなくて、日本のものをセレクトして置きたいと思ったんです。ちょうどそのとき岡本さんがトランクルームに預けている自分の蔵書を整理したいということで、僕が引き取った本が移動本屋のベースになっているんですよ。だから、今度の本屋は、あのとき岡本さんから受け継いだ品揃《しなぞろ》えがどんな形に成長したのか、もちろん今まで扱っていたようなヴィジュアルブックもあるんだけど、やっぱり僕としては、来る人を選ばないような本屋にしたいので、それをぜひ見てほしいんです。

岡本　僕が本屋に行くのは、人の本棚を見たいという気持ちがあるんです。移動本屋は、僕が今まで持っていた本で、どうしても手元に置いておきたいもの以外を引き取ってもらったから、自分の本棚っていう感覚もあって、そんなに頻繁には行かなかったんだけど、なのに自分で手放した本をまた買ったりもしてましたよね（笑）。やっぱり人の本棚だった。移動本屋のなかにあるとほしくなっちゃうんですよね。新しい本屋さんで何か新しいものを見るのは、なんだかワクワクしますね。

松浦　今までは、かっこいい部分とかおしゃれな部分を、ある意味メッセージとして揃えるようなやり方をやってきたんだけど、今はとにかく、なんでもない普通の本屋をやりたいと強く思うんです。ただ、それは新刊本を扱っている普通の本屋ではなくて、ずっと昔から人に愛されてきたような、これからもずっと愛されていくような本屋を目指しています。あとはやっぱり、自分も一人のお客として毎日でも行きたくなる本屋をつくりたいと思うんです。で、いちばん変わったなと思うのは、自分の個性を前面に出すようなものはやりたくないんですよ。よーく見るとなんとなく個性が出ているかなと思うようなくらいの出し方で、時間をかけてつくっていきたいと思っています。

もちろん採算をとるということは大前提としてあるんだけど、僕も十年本屋をやってきて、採算のとり方は大体わかってきていて、採算をとってあとは何をするの？　ということをこれからは考えていきたいんです。そんなお金の話はもういいやと思う。今まではエムカン、イコール松浦弥太郎でやってきたけれど、もうそういうやり方も終わりにしたいんです。岡本さんも『リラックス』イコール岡本さんとは思われたくないですよね。

岡本　絶対にそう思われたくないですね。一人でつくっているわけじゃないから。たくさんの人がかかわってくることで、本来自分のなかにない要素が当然入っているんです。自分のすべて以上のものが入っているし、この雑誌のなかに入っているすべてのものが自分のなかにあるわけではないんです。だから、『リラックス』イコール岡本というのは幻想であって、そういう幻想は抱いてほしくないと思います。

色々な人の色々な力でひとつのキャラクターみたいなものが浮かび上がっているとは

思うんだけど、それはそれをつくっている人とイコールではないと考えられないとおかしなことになると思うんですよ。みんなの理想が集まってひとつの理想みたいなものができているんであって、その理想に無理矢理キャラクターを与えてイコールこの人であるというのは恐いなと思うんです。実際につくっているものは自分の力ももちろん入っているけれど、色々な人の力が入って、誰か一人のキャラクターで代表できるような世界観ではないというふうに考えてもらいたいですね。

松浦　僕もそう思う。オートメーションでできあがっているものではなくて、人の手の温《ぬく》もりがあるということだけで充分な気がしますね。それが誰なのかなんて、そこまでは考えなくてもいいと思います。僕も今度の本屋については、別に僕がすべてをやるとか、小林さんがというのではなくて、これから先のことも考えると、色々な人が参加できて、かたちを変えながらも続いていくほうがいいと思います。

これからのこと

岡本　この本（『就職しないで生きるには』）もうちょっと借りていていいですか？　今こそちゃんと読まないといけないなと思うんです。実はね、そろそろ就職しないで生きていこうかなと思っていて。何かネガティヴな理由でそう思うんじゃなくて、次どうしたいかなってぼんやり考えるときに、誰かに雇われるのはもういいかなとちょっと思うところもあるんですよ。そう言いながら、定年まで会社にいるかもしれないけど（笑）。今ここでフリー宣言しているのではなくて、これから先の自分を考えたときに、就職しないで生きるという選択肢もあるんだなということを改めて今頃になって考えているんです。それを選択したらどんな苦労があったり、どんな楽しみがあるのかなと考えるとすごく興味があるので、今レイモンド・マンゴーを読みたいんですよね。

松浦　岡本さんが持っている気持ちって、決して学校を卒業した人が思うだけではないんですよね。

岡本　仕事がなくなったらどうなってしまうんだろうというくらい、自分が仕事が好きなんだということは、就職してよくわかったので、今度は就職しないで仕事をするというのはどういうことなのかなということを味わってみたいんですよ。自分の人生のレールの先に、就職していない自分があったらいいなと思うんです。そういうことを考えて、精神的な準備をしていたいなということなんですよ。この先もこういういい感じを続けていくということを優先させて考えたら、どうも就職していない自分がいるような気がする。そろそろそういうことを想定しながら、ものを見たり、判断したり、考えていったら、またいい結果が生まれるかなくらいのことなんです。

松浦　僕は、「カウブックス」を僕と小林さんが死んでしまってもずっと続いていく本屋にしたいんです。それをどうやったらそういうかたちに持っていけるのかということが自分にとってのテーマなんです。あの人がいなくなったから、あの店がなくなるというようなのではないものにしたいな。別に会社組織にして大きくしたらできるのかというと、そうでもないような気がするんです、別の方法があると思うんです。

岡本　海外だと個人が会社を興して、ある程度成功したものになったときに売るじゃないですか。日本では考えられないことだけど、それを売ったお金でまた新しい資金をつくって、さらにもっと新しいことをやろうということのほうがよっぽど仕事好きというか、自分の好きという感覚に忠実な仕事好きだと思うんです。その仕事を維持していくことが第一になってしまうと、これがやりたいことだったのかなんだかわからなくなってしまうでしょう。ひとつの成果を生んで、それを誰かほしがっている人がいれば、それを渡すことで自分は新たな資金を得て、ここではできなかったことをやろうとまた一から考えてやっていく人のほうがよっぽど仕事好きだなというか。仕事は遊びであるという、ここでレイモンド・マンゴーが言っている感覚ってこういうことなんだろうなと思うんです。

松浦　そうなんですよ。これからは自分達が何を次世代に残していけるかがひとつのテーマでもあるんです。

岡本　何かを立ち上げるのが好きな人と、それを大きくしていくのが好きな人がいるわけで、立ち上げるのが好きな人はずっと立ち上げればいいと思うし、それを責任感がないという言い方は違うと思うんです。そういう意味で仕事と心中したくないんです。僕は移動の自由をキープできているほうがもっと健全だなと思いますよ。

松浦　その通りだと思います。ということでこれからもよろしくです（笑）。

岡本　もちろん。

（二〇〇二年十月）

解説——最低で最高の関係

よしもとばなな

松浦さんの名前が、彼のそのものすごく深く広い人脈の中でだんだん話題になってきた頃、ブレイクする直前の温度の高まりを私は肌で感じていた。どこに行っても、松浦さんの名前を聞いた。

だいたい同時期、たしか松浦さんがついに移動書店と執筆活動を軌道に乗せたあたりで、何回かメールのやりとりをしたことがある。すっと冷たく澄んだ水のような静かなメールだった。自分というものがはっきりしている人にしか書けない文章だと思った。

そしてカウブックスの中目黒店ができて、好きな本がたくさんありすぎたので、私はもう嬉しくてしかたなくてしょっちゅう通った。その頃は今よりも中目黒に近いところに住んでいたのだった。

産院も中目黒から近いところにあったので、妊娠中も出産後もなにかと通った。

一度だけ、松浦さんが店番をしてるときにいきなりトイレを借りにいったことがある。きっとあの人は貸してくれると信じて……名乗らなかったけど、お互いにバレバレで、微妙に酒が入っていて陽気だった私は、えへへ、じゃあどうも～みたいな、礼儀正しくない挨拶をして去っていった。

そんなダメダメ人間の私だけれど、いちおうわかっていることがあった。

彼はとても育ちがよく、頭のいい人だということ。松浦さんのしたいことは、ジャンルは違うけれど私とかなり近いことで、それは多分「夢がなければ生きていても意味がない」という旗を掲げた、世代的なものなのだということ。そのために生きていても死んでいった人たちの志を継ぐものたちだということ。時代を超えていいものを残す仕事がしたい。お金のためではない、でもお金が全く入らなかったら、あらゆる角度から正しくないと感じているということ。そして海外を、その自由を、ある時代を、肌で知っている人だということ。小さい頃や若い頃に、本に救われ、本に寄り添って生きたことがある人だということ。古書店だからといって棚がほこりまみれになっているのをよしとしないセンスの人だということ。

そのあとしばらくして『暮しの手帖』の編集長を松浦さんがはじめたとき、「うわ～、あの雑誌からこれを残してこれをカットしたのか、なんという英断だ！」と思うことがいくつもあった。それをするためのさまざまな軋轢《あつれき》、衝突、時間のかかりかた、どれを想像しても胃が痛くなった。でも彼はきっと自分が美しくない、普遍的でないと思うことに妥協するくらいなら、こつこつとその手間をつぶしていくことを選んだのだろう。

勢いにまかせてがんがん行くのではなく、粘り強く、くじけず、意志を強くもって、自分を強くして、いくつもの山を越えてきたのだろう。

なんと男の子らしい仕事の仕方だろうと思った。

その後、松浦さんが半泣きでトレッキングをしている記事を飛行機の中で読んだ。私はとても感動して、なんと男らしいことだろうと思った。だって編集長&本屋なんだから、こんな大変な山歩きは無茶だよ……。でも彼はそこで山歩きの本質をちゃんととらえて文章にしていた。すごい根性だと思った。

さらにある夕方、私は休暇で行った箱根の露天風呂の中で、松浦さんが古着屋をすっぱり辞めて好きな本を売ることを決めるにいたる、かなり厳しいいきさつが書いてあるエッセイを読んだ。きっと彼にとって、心の中で大切な理由があって最後まで取ってあったことなのだろう、本の中でそこだけページの色と組み方が違っていて、そうか、と切なくなった。箱根の夕空にその内容は妙にマッチしていて、そのあと宿のごはんがむちゃくちゃまずかったことさえ帳消しにした。私の心の中は心地よく静かだった。

そうだった、私だって作家になったのはかっこよく小ぎれいな理由だけではなかった。まるで運命がそこに私を追い込むように、つらいことだってあったのだ。そして最後にどうしても辞めれないこと、それが作家だったんだ。そう思った。

今でも、カウブックスの中目黒店は、私のオアシスだ。

長く川沿いを歩いて、夫とそこで待ち合わせをする。本を買って、コーヒーを飲んで、チビといっしょに外のベンチで座っていると、夫が仕事を終えてやってくる。さあ、ごはんでも食べに行こうか、と立ち上がるとき、私はこのお店に長い間幸せをもらっていることを感じる。もうかるもうからない、税金対策だなんだかんだですぐ店を開けたり閉めたり、あるいはとてもいいお店なのに経営難や地上げでなくなってしまったり、そんな風景に慣れてしまった、その精神の敗北に慣らされた私たちにとって、この美しい書店が長く続いていることは希望の光みたいなものなのだ。

このあいだ私の本の翻訳をしてくれているイタリア人を連れて行ったら、とても喜んでじっくりと本を見てたくさん選び、最終的には小村雪岱《こむらせったい》の版画まで買っていた。

彼は幸せそうに「こんなすばらしい書店、イタリアにもあったらどんなにいいだろう」と言った。

この言葉は、松浦さんがしたかったことを叶えているのではないかと思う。

海外の人が通いたくなる、そして行けばいつも欲しい本が見つかる、品揃えはいつも新鮮だけれど、あるべき本はいつもある、何年たっても行けばちゃんと営業している……。カウブックスはそんなお店に育っている。

私はこのようにパンチがきいたお下品な人格、むしろロックやパンクの世界に近い感覚で自由を求めているし、ビートニク界でいえばバロウズに近いし、精神世界でいえばカスタネダがバイブルである、少し松浦さんと指向は違う人間だと思う。実際の行動は松浦さんのほうがよほどワイルドで地道で経験が多くかっこいいところなんかも、へなちょこな私とは全然違う。

それでも私は松浦さんを「世の中に対する考えが共通している、なにかの大切な仲間」だと思っていて、いつもこっそりと応援している。彼が倒れたら私が困る、とさえ思っている。

実際にはトイレをたまに借りて、てへへというくらいの関係だけれど。

この作品は二〇〇三年二月、ＤＡＩ－Ｘ出版より刊行された単行本に『コヨーテ』に掲載された作品を加え、加筆・修正したものです。

集英社文庫　目録（日本文学）

町山智浩　トラウマ映画館
町山智浩　トラウマ恋愛映画入門
町山智浩　最も危険なアメリカ映画
松井今朝子　非道、行ずべからず
松井今朝子　家、家にあらず
松井今朝子　道絶えずば、また
松井今朝子　壺中の回廊
松井今朝子　師父の遺言
松井今朝子　芙蓉の干城
松井今朝子　歌舞伎の中の日本
松井玲奈　カモフラージュ
松井玲奈　累々
松浦晋也　母さん、ごめん。 50代独身男の介護奮闘記
松浦弥太郎　本業失格
松浦弥太郎　くちぶえサンドイッチ 松浦弥太郎随筆集
松浦弥太郎　最低で最高の本屋

松浦弥太郎　場所はいつも旅先だった
松浦弥太郎　いつもの毎日。 衣食住と仕事
松浦弥太郎　日々の100
松浦弥太郎　松浦弥太郎の新しいお金術
松浦弥太郎　続・日々の100
松浦弥太郎　おいしいおにぎりが作れるならば。 「暮しの手帖」での日々を綴ったエッセイ集
松浦弥太郎　「自分らしさ」はいらない くらしと仕事、成功のレッスン
松岡修造　テニスの王子様勝利学
松岡修造　教えて、修造先生！ 心が軽くなる87のことば
フレディ松川　老後の大盲点
フレディ松川　ここまでわかった ボケる人ボケない人
フレディ松川　好きなものを食べて長生きできる 長寿の新栄養学
フレディ松川　60歳でボケる人 80歳でボケない人
フレディ松川　はっきり見えたボケの入口 ボケの出口
フレディ松川　わが子の才能を伸ばす親 つぶす親
フレディ松川　不安を晴らす3つの処方箋 認知症外来の午後

松樹剛史　ジョッキー
松樹剛史　スポーツドクター
松樹剛史　GO-ONE
松樹剛史　エアエイジ
松澤くれは　りさ子のガチ恋♡俳優沼
松澤くれは　鷗外パイセン非リア文豪記
松澤くれは　想いが幕を下ろすまで 胡桃沢狐珀の浄演
松澤くれは　暗転するから煌めいて 胡桃沢狐珀の浄演
松澤くれは　転売ヤー殺人事件
松嶋智左　流《る》警《けい》 傘見警部交番事件ファイル
松嶋智左　流《る》警《けい》 新生美術館ジャック
松田青子　自分で名付ける
松田志乃ぶ　嘘つきは姫君のはじまり
松永多佳倫　沖縄を変えた男 栽弘義——高校野球に捧げた生涯
松永多佳倫　偏差値70からの甲子園 僕たちは野球も学業も頂点を目指す
松永多佳倫　偏差値70の甲子園 僕たちは文武両道で東大も目指す

集英社文庫

最低《さいてい》で最高《さいこう》の本屋《ほんや》

2009年10月25日　第1刷
2024年12月15日　第5刷

定価はカバーに表示してあります。

著　者　松浦弥太郎《まつうらやたろう》

発行者　樋口尚也

発行所　株式会社 集英社
東京都千代田区一ツ橋2-5-10　〒101-8050
電話　【編集部】03-3230-6095
【読者係】03-3230-6080
【販売部】03-3230-6393（書店専用）

印　刷　TOPPANクロレ株式会社

製　本　TOPPANクロレ株式会社

フォーマットデザイン　アリヤマデザインストア　　マークデザイン　居山浩二

ISBN978-4-08-746491-7 C0195